KB032805

내 안에
몬스터
있다

내 안에 몬스터 있다 4

형상준 현대 판타지 장편소설

초판 1쇄 찍은 날 | 2016년 12월 20일
초판 1쇄 펴낸 날 | 2016년 12월 27일

지은이 | 형상준
펴낸이 | 예경원

기획 | (주)위시북스
편집책임 | 박우진
편집 | 이즈플러스

펴낸곳 | 예원북스
등록번호 | 제396-2012-000132호
등록일자 | 2012. 7. 25
KFN | 제1-056호

주소 | 경기도 고양시 일산동구 호수로 646-24 위너스21 II 빌딩 206A호 (우)10401
전화 | 031-819-9431 팩스 | 031-817-9432
E-mail | yewonbooks@naver.com

ISBN 979-11-5845-305-3 04810
      979-11-5845-442-5 (set)

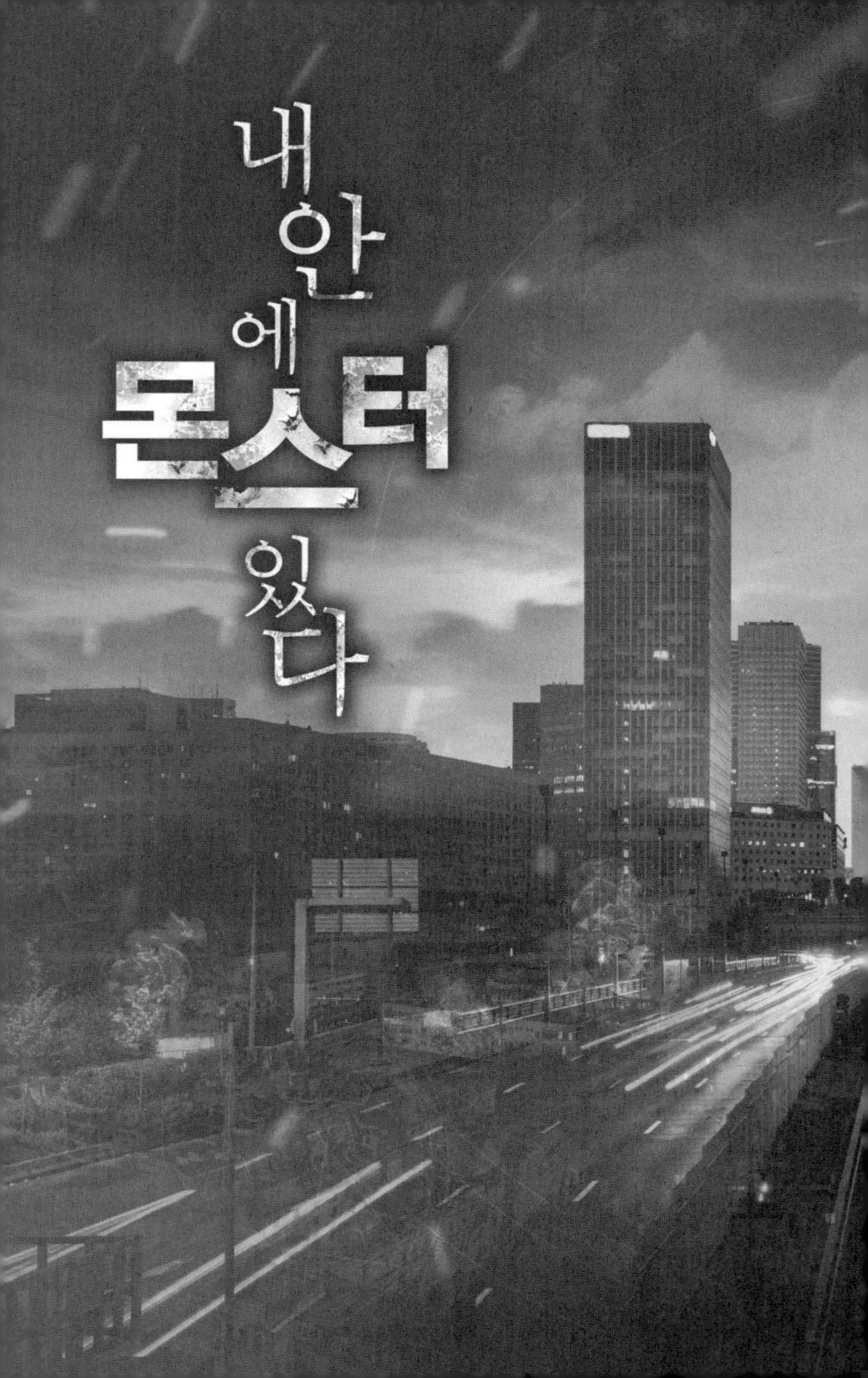
내 안에 몬스터 있다

CONTENTS

1장
불의 정령 이그니스

퍽! 펑! 퍽! 펑!

김호철의 해머질에 몬스터들이 터져 나갔다.

휘리릭!

크게 치켜든 해머를 회전시키며 피와 살점들을 사방으로 뿌린 김호철이 주위를 둘러보았다.

다니엘을 필두로 웨어 라이온들이 앞에서 쏟아져 나오는 몬스터들을 쓰러뜨리고 있었다.

그리고 그 주위에 킹스콜피온이 몸으로 몬스터들의 공격을 막으며 벽을 형성했다.

킹스콜피온은 속도가 그리 빠르지 않았지만 단단한 외골격을 가지고 있어 어지간한 몬스터의 공격은 몸으로 막아내고 있었다.

그 모습을 보던 김호철이 다시 주위를 살폈다. 김호철의 몬스터는 강했다.

특히 뭉쳐 있다는 점이 게이트에서 나오는 몬스터들과 차별화되었다. 단단하게 뭉쳐 싸우는 다수의 B급 몬스터에 게이트에서 나오는 몬스터들은 죽어 나갈 뿐이었다.

잘 싸우는 몬스터들을 보며 김호철이 시선을 한곳으로 돌렸다.

김호철의 시선이 향하는 곳에는 웨어 울프 3마리가 빠르게 몬스터 시체를 뒤지고 있었다.

마치 시체 파먹는 것처럼 죽은 몬스터 몸을 마구 파헤치는 웨어 울프는 온통 피범벅이었다.

보기 흉한 모습이었지만 김호철은 그저 흐뭇할 뿐이었다. 피 묻은 웨어 울프의 손에는 마나석이 들려 있으니 말이다.

몬스터 시체에서 마나석을 뽑아낸 웨어 울프가 뒤에 가만히 서 있는 오크 전사가 메고 있는 더블 백에 집어넣었다.

그것을 보는 김호철이 흐뭇한 미소를 지었다. 오크 전사의 등에 매달린 더블 백은 마나석 무게 때문에 축 늘어져 있었다.

'저 더블 백 하나 꽉 채우면 얼마나 되려나?'

기분이 좋아진 김호철이 미소를 지을 때 폭음이 들려왔다.

꽝!

그리 멀지 않은 곳에서 들려오는 폭음에 김호철이 고개를 돌렸다.

화르륵!

폭음이 들려온 곳에서 붉은 불기둥이 커다랗게 솟구치고 있었다.

"저거 뭐야?"

한 5m 가까이 솟구치는 거대한 불기둥에 그 주위에 있던 능력자들이 메뚜기가 뛰어다니는 것처럼 사방으로 물러나고 있었다.

SG들이 불기둥이 있는 쪽으로 몰려가며 소리를 질러댔다.

"물러나! 육체 강화 능력자들, 물러나!"

"마법 공격 능력자, 앞으로!"

그때 몬스터를 뚫고 SG 한 명이 김호철을 향해 달려왔다. 그러나 곧 그 SG는 그 몬스터들 앞에서 멈춰 서 소리쳤다.

"블러드 나이트!"

자신을 부르는 SG에 김호철이 그를 보고는 소리쳤다.

"제 몬스터는 사람을 공격하지 않습니다. 오세요!"

김호철의 외침에 SG가 몬스터들을 슬쩍 보고는 몸을 날렸다.

훌쩍!

몬스터들을 뛰어 넘은 SG가 김호철에게 다가왔다.

철컥!

투구를 올린 김호철이 SG를 보자 그가 급히 말했다.

"SG27 팀장 조철 소령이오."

"저 불꽃 때문에 오신 겁니까?"

김호철이 불꽃을 가리키자 조철이 고개를 끄덕였다.

"불의 중급 정령 살라만다요."

"살라만다?"

조철의 말에 김호철이 의아한 눈으로 불꽃이 솟구치는 곳을 바라보았다.

정령에 대한 것은 들은 적이 있다. 일명 로토라 불리는 몬스터다. 하지만 그만큼 잡기가 어렵고 게이트에서 잘 나오지도 않는다. 김호철이 능력자가 되기 전부터 뉴스나 생중계를 통해 정령을 본 것은 두 번 정도밖에 되지 않으니 말이다.

하지만 중요한 것은 지금 불의 정령이 나타났다는 것이고 날뛰고 있다는 것이다.

"정령은 먼저 공격하지 않으면 사라지는 것 아닙니까?"

일반 몬스터와 달리 정령은 사람을 먼저 공격하지 않는다. 대신 게이트에서 나온 후 그 자리에 가만히 머물다가 시간이 지나면 사라진다.

하지만 마법력이 깃든 공격을 맞을 경우 발작을 한다. 자신이 가진 마나가 바닥이 날 때까지 날뛰다가 사라지는 것이다.

그래서 정령을 잡기가 더 어려운 것이다.

공격을 하지 않으면 사라지고, 공격을 해도 빠르게 잡지 않으면 공격만 퍼붓고 사라진다.

게다가 정령은 눈에 보이지 않는다. 기에 민감한 무인이나 보이지 않는 유령을 볼 수 있는 능력을 가진 자들이나 볼 수 있다. 물론 발작을 시작한 후에는 물질화돼서 눈에 보이지만 말이다.

어쨌든 중요한 것은 지금 중급 정령이 발작을 하고 있다는 것이다.

"어떤 미친놈이 중급 정령을 보고 잡으려 한 모양입니다. 지금 이 근처에 불의 중급 정령에게 다가가 일격을 가할 수 있는 건 블러드 나이트 당신뿐입니다."

'욕심에 뒤치기라도 한 건가?'

그런 생각을 하던 김호철이 땅을 박찼다.

파앗!

마나석도 중요하지만 지금 불의 정령을 잡지 못하면 주위에 있는 사람들의 피해가 크다. 다가가는 것만으로도 화상을 입기에 충분한 화력을 뿜어내는 놈이니 말이다.

김호철은 사람 목숨 정도는 내 알 바 아니다 정도까지로 나쁜 놈은 아니다.

파앗!

불꽃을 향해 김호철이 달리자 그 뒤로 몬스터들이 따라붙었다.

김호철을 필두로 몬스터들이 달려오자 그 사이에 끼어 있던 사람들이 서둘러 갈라졌다.

홍해처럼 갈라지는 사람들과 몬스터들의 시체를 밟으며 달리던 김호철의 눈에 능력자들이 불꽃을 향해 화살과 마법을 사용하는 것이 보였다.

쏴악!

푸른 마나를 품은 화살이 불꽃을 향해 쏘아졌다. 하지만 불꽃을 뚫고 들어가던 화살이 불에 타들어 가며 재가 되었다.

화아악!

푸른색을 띤 마력의 줄기가 불꽃을 밀어냈다. 그런 마력이 마음에 들지 않는 듯 불꽃 한 줄기가 마력을 쏘아내는 능력자를 향해 쏘아졌다.

"크아악!"

불꽃을 몸에 두른 능력자가 비명을 지르며 손을 들었다.

화아악!

능력자의 몸에서 푸른 마력이 뿜어지며 불꽃을 밀어냈다. 하지만 이미 능력자는 큰 충격을 받은 듯 그대로 쓰러졌다.

그런 모습을 보던 김호철이 불꽃을 노려보았다.

'버틸 수 있겠어?'

김호철의 물음에 그의 마음속에 칼의 목소리가 들려왔다.

－칼 폰 루이스!

자신감 넘치는 칼의 음성에 김호철이 해머를 강하게 움켜쥐고는 불꽃을 향해 뛰어올랐다.

"갈라져라!"

외침과 함께 김호철이 그대로 해머를 강하게 위에서 아래로 내려찍었다.

부우웅!

묵직한 소리와 함께 휘둘러진 해머에서 뿜어지는 바람에 불꽃이 갈라졌다.

화르륵! 화르륵!

해머를 휘두르며 불꽃의 길을 뚫은 김호철의 눈에 불꽃으로 이루어진 도마뱀과 같은 것이 보였다. 송아지 크기만 한 도마뱀은 등에서 불꽃을 뿜어내고 있었다.

'저게 살라만다? 생각보다 크네.'

도마뱀과 비슷하게 생겼다는 것은 알고 있었지만 송아지만 할 줄은 몰랐다. 이 정도라면 도마뱀처럼 생겼다고 할 것이 아니라 아마존에 사는 악어라고 해야 할 것 같았다.

그런 생각을 하며 김호철이 해머를 밑으로 향한 채 살라만다의 위로 떨어졌다. 그런 김호철의 모습에 살라만다가 크게 고개를 들었다. 그리고 찢어질 듯이 벌어지는 살라만다의 입…….

그런데…….

입을 크게 벌렸던 살라만다가 그대로 입을 다물고는 고개를 숙였다.

착!

땅에 닿을 듯이 머리를 숙이며 엎드리는 살라만다의 위로 김호철이 떨어져 내렸다.

화륵! 화르륵!

순간 김호철의 해머 끝에서 불꽃이 한 점 터져 나오더니 순식간에 그 크기가 거대해졌다.

'뭐야?'

해머를 타고 올라오는 불꽃이 자신을 덮쳐 오는 것에 김호철이 손에 힘을 주었다.

화아악!

김호철은 자신이 어두운 공간에 있음을 알았다. 김호철의 몬스터들이 머무는 그곳…….

방금 전에 해머를 타고 올라오는 불에 놀라 마나를 뿜어내려 했는데…… 갑자기 자신이 왜 이곳에 있나 의아해 주위를 보던 김호철의 눈에 불꽃이 보였다.

이글이글 타오르는 불꽃은 김호철을 보는 듯했다.

—해치지…… 마.

목소리가 자신의 마음에 들려오는 것을 느낀 김호철이 불꽃을 바라보았다.

"넌?"

—해치지…… 마.

"넌 뭐야?"

—난…….

화르륵! 화르륵!

김호철은 자신의 몸을 감싸며 타오르는 불꽃에 정신을 차릴 수가 없었다.

'뭐야?'

방금 전까지 몬스터의 방에 있었는데 지금은 현실인 것이다. 하지만 그것도 잠시 김호철이 해머를 급히 옆으로 비틀었다.

살라만다의 머리 위로 떨어지고 있는 것이다.

손을 급히 비틀자 살라만다의 머리 옆에 해머가 떨어졌다.

쿵! 쏴아악!

해머가 떨어지는 충격에 살라만다가 부웅 떠올랐고 모래사장이 터져 나갔다.

쏴아악!

마치 파도처럼 사방으로 터져 나가는 모래에 순간 주위의 불꽃이 사그라졌다.

화아악!

대신 김호철의 몸을 감싼 불꽃은 더욱 강해지고 선명해지기 시작했다.

화르륵!

빨간색을 넘어 푸른색을 띠며 타오르는 불꽃을 김호철이 힐끗 바라보았다.

주먹에서 타오르는 불꽃…….

'뜨겁지가 않다. 내 몸을 태우는 것이 아니라 내가 뿜어내는 건가?'

그런 생각을 하며 김호철이 살라만다를 바라보았다. 허공에 떠올랐다 떨어진 살라만다는 그의 발치로 기어오더니 가만히 엎드려 있었다.

"나한테 복종을 하는 거냐?"

김호철의 중얼거림에 살라만다가 고개를 더욱 숙였다.

'몬스터 방에 있던 불꽃이 이 녀석을 해치지 말라고 했는데…… 그 불꽃 때문에 살라만다가 이러는 건가?'

살라만다를 보던 김호철이 자신의 손을 바라보았다. 손에서 타오르는 불꽃…….

"잡아라!"

"로또다!"

김호철이 자신의 손을 보고 있을 때 능력자 몇이 무기를 들고는 달려왔다.

김호철은 불타오르고 있으니 그가 죽었다 생각을 했고 살라만다 역시 죽은 것처럼 가만히 있으니 먼저 잡는 것이 임자라 생각을 한 것이다.

그런 능력자들의 모습에 김호철이 그들을 향해 고개를 돌렸다. 그와 동시에 김호철의 몬스터들이 그들의 앞을 가로막았다.

사사삭!

"크아아앙!"

"으르릉!"

몬스터들의 위협에 달려오던 능력자들이 놀라 급히 멈췄다. 그런 능력자들을 향해 김호철이 소리쳤다.

"물러나세요!"

김호철의 외침에 능력자들이 놀라 그를 바라보았다.

"안 죽었어?"

"저런 불에 휩싸이고도 안 죽어?"

"불꽃 능력도 사용하는 거야?"

능력자들이 김호철을 보며 중얼거릴 때 김호철이 살라만다를 바라보았다.

'잡으면 돈인데…….'

살라만다를 죽이면 돈이…… 대박이다. 하지만 자신의 몸 안에 있는 불꽃, 정체는 몰라도 자신이 먹은 마나석의 주인이 살라만다를 해치지 않기를 원한다.

'쩝…… 아쉽지만 불꽃이 원하니…….'

아쉬움에 입맛을 다신 김호철이 살라만다를 향해 말했다.

"집으로 가라."

김호철의 말에 살라만다가 불꽃으로 변하더니 그대로 휘날리며 사라졌다.

화르륵!

불꽃이 되어 휘날리며 사라지는 살라만다를 보던 김호철이 자신의 몸을 바라보았다. 그의 몸은 여전히 새파란 불꽃을 뿜어내며 타오르고 있었다.

'내가 먹은 마나석 중에 살라만다보다 상급 정령의 마나석이 있는 건가?'

그런 생각을 하던 김호철이 고개를 저었다.

'정령에 관한 것은 나중에 생각하자. 지금은…….'

스윽!

고개를 돌린 김호철이 여전히 날뛰고 있는 몬스터들을 바라보았다.

"돈을 벌자."

생각과 함께 김호철이 해머를 들었다.

화르륵!

거센 불꽃을 뿜어내는 해머를 든 김호철이 땅을 박찼다.

"가자!"

김호철의 외침에 그 뒤를 몬스터들이 따라붙었다.

"다니엘 폰 디스!"

자신의 이름을 크게 외치며 김호철을 앞지른 다니엘이 거창을 하고는 그대로 앞으로 튀어 나갔다.

쾅! 꽈꽈!

창을 강하게 앞으로 내지르며 돌진을 하는 다니엘의 앞에 있던 몬스터들이 산산이 터져 나가기 시작했다.

그리고 그런 몬스터들의 시체에서 떨어지는 마나석들을 몬스터들이 이삭 줍듯이 빠르게 주워 담기 시작했다.

'마나석 하나도 놓치지 마라!'

마나석을 잘 주우라는 명령을 내리며 김호철도 몬스터들을 향해 몸을 날렸다.

화르륵!

그런 김호철의 몸에서 뿜어진 불꽃에 일순 주위가 밝아졌다.

"하압!"

강한 기합과 함께 김호철이 해머를 휘둘렀다.

화르륵!

김호철의 해머에서 뿜어진 화염이 몬스터들을 휩쓸어 가기 시작했다.

김호철은 몬스터들의 시체 위에 서 있었다.

"후우!"

길게 숨을 내뱉은 김호철이 발밑을 내려다보았다.

지글지글!

김호철의 발에 깔려 있는 한 몬스터의 몸은 기름을 흘리며 익어가고 있었다.

아니, 타들어 가고 있었다. 김호철의 몸에서 뿜어지는 불꽃에 타들어 가고 있는 것이다.

'열기가 상당한가 보네.'

자신에게는 영향이 없는 불꽃이라 열기를 느끼지 못하지만 발에 밟혔다고 타들어 가는 몬스터를 보니 그 열기가 짐작되었다.

그런 몬스터 시체를 보던 김호철은 사람들이 자신을 보고 있는 것을 알았다.

"스마일."

어디선가 들리는 소리에 고개를 돌린 김호철은 자신을 핸드폰으로 찍는 사람을 보았다. 자신의 시선에 급히 핸드폰을 내리는 사람을 보던 김호철이 손을 바라보았다.

'이미지…….'

불꽃이 몸 안으로 스며들며 사라지는 것을 이미지화하던 김호철이 입을 열었다.

"흡수."

화르륵!

김호철의 몸에서 뿜어지던 불꽃이 그의 몸으로 스며들며 사라졌다. 불꽃을 흡수하는 것은 처음이었지만 뇌전을 흡수하던 이미지와 비슷해서인지 그리 어렵지 않았다.

불꽃을 흡수한 김호철이 오크 전사를 향해 손을 내밀었다. 오크 전사가 등에 메고 있던 더블 백을 내밀자 김호철의 얼굴에 흐뭇한 미소가 어렸다.

커다란 더블 백은 눈으로 봐도 묵직했다. 그것을 든 김호철이 더블 백을 등에 멨다.

'좋구나.'

군대 있을 때는 그리 메기 싫던 더블 백이 지금은 왜 이렇게 가볍고 기분 좋게 느껴지는지…….

웃으며 더블 백을 메는 김호철을 능력자들이 부럽다는 듯 바라보았다. 그들도 몬스터들이 마나석을 주워 더블 백에 넣는 것을 본 것이다.

"저게 다 대체 얼마야?"

"세상에서 제일 비싼 더블 백이구만."

사람들이 수군거리는 것을 들으며 김호철이 몬스터들을 흡수하고는 가고일의 앞에 가 섰다.

스윽!

익숙하게 가고일이 그를 안았다. 게이트 사냥도 끝났으니 더 이상 이곳에 있을 필요도 없는 것이다.

펄럭! 펄럭!

날개를 펄럭이며 가고일이 날아오르자 사람들이 김호철을 올려다보았다.

"부럽다."

"나도 몬스터 소환 능력이나 있어야 했는데……."

사람들이 부럽다는 눈길을 보내든 말든 김호철을 안은 가고일은 북쪽으로 머리를 돌려서는 날아가기 시작했다.

우르르!

탁자에 쏟아지는 마나석을 본 박천수가 휘파람을 불었다.

"이야, 이게 다 얼마야?"

탁자에서 바닥으로 떨어지는 마나석을 주워 올린 김호철이 그것을 분류하기 시작했다.

"아직 세어보지 않아서 저도 잘 모릅니다."

"혼자 가서 이 정도면…… 역시 호철이 몬스터들이 대단하기는 해."

웃으며 박천수가 마나석 분류를 도와주었다. 그런 박천수를 보던 김호철이 주위를 둘러보았다.

"사람들이 없네요?"

"윤희는 어제 다 못 산 것이 있다고 혜원이 데리고 나갔고, 천만이는 밑에서 수련하고 있고, 현철 형과 정민이는 마리아와 함께 협회에 갔어."

"협회?"

툭툭!

마나석을 구분하던 김호철이 박천수를 바라보았다. 마리아가 협회에 가는 일은 본 적이 없는 것이다.

"오늘 협회장한테 연락이 왔거든 할 이야기가 있다고."

"할 이야기가 있으면 직접 오면 되지, 왜 사람을?"

"보통 놈이 오라고 하면 전화 끊었겠지만 칠장로 중 한 명이자 한국 능력자 협회 회장이 직접 전화 걸어서 오라고 하는데 안 갈 수 있나."

"현철 형님과 정민이는 그럼 왜?"

"명색이 한 길드 수장이 움직이는데 혼자 갈 수 있나. 보디가드로 따라간 거야."

"두 사람보다 소장님이 더 강하지 않습니까?"

보디가드란 것이 누군가를 지키는 것인데 마리아보다 약한 두 사람이 그녀를 지키다니?

오히려 보디가드 대상인 마리아가 그 두 사람을 지킨다면 모를까.

"그건 그렇지. 하지만 마리아 능력은 화염이라 잘못 발동하면 일대가 불바다가 되어버려."

"아……."

"그리고 마리아가 워낙에 예쁘잖아. 생긴 것만 보면 고등학생이 아니라 어른 같고……. 그러니 사람 많은 곳에 가면 귀찮게 구는 남자가 얼마나 많은지. 정민이는 도움 안 되겠지만 현철 형은 그런 남자 놈들 쫓는 역할이야."

"그렇군요."

마나석을 등급 별로 정리를 한 박천수가 마지막 것을 툭 던졌다.

"그런데 A급은 없네."

"사이크롭스가 하나 나오기는 했는데 SG들이 먼저 잡아버렸습니다."

"사이크롭스라……. A급치고는 잡기 쉬운 놈인데 아쉽네."

사이크롭스 일명 외눈박이 거인 괴물이다. 하지만 삼대장이라 칭해지는 오거나 데스 나이트에 비하면 상대하기가 그리 어렵지 않다.

오거에 비해 힘도 방어력도 약하다. 물론 오거에 비해 약하다는 것이지 허접하다는 것은 아니다.

사이크롭스는 특이하게도 눈을 마주하면 몸이 마비가 된다. 그래서 눈만 보지 않고 싸우면 사냥을 하기 어렵지 않다.

물론 팀워크가 확실하고 실력 있는 능력자가 다수 있을 때 이야기지만 말이다.

아쉽다는 듯 마나석을 보는 박천수를 보며 김호철이 말했다.

"얼마나 될까요?"

"정확한 가격이야 매매상이 와봐야 알겠지만…… 보자. B급이 11개, C급이 22개, D급이 43개……."

핸드폰을 꺼내 등급별 가격을 적어 계산을 한 박천수가 말했다.

"잘 받으면 30억, 못 받으면 24억 정도 하겠네."

박천수의 말에 김호철의 얼굴에 실망이 어렸다.

"그것밖에 안 됩니까?"

묵직한 더블 백 무게에 순식간에 재벌이 되는 것 아닌가 했는데 생각보다 금액이 적은 것이다.

김호철의 말에 박천수가 웃었다.

"우리 호철이 간이 너무 커진 것 아냐? 못 받아도 24억인데 그게 작아?"

"그건 아니지만…… 휴! 제가 기대가 컸나 봅니다."

"후! 너무 욕심 부리지 마. 첫술에 배부를 수 없는 법이고 이 정도면 엄청 큰 첫술이니까."

박천수의 말에 고개를 끄덕인 김호철이 더블 백에 마나석을 담아 넣었다.

"하긴 이 정도 금액이면 집 짓는 데 부족하지는 않겠군요."

김호철의 말에 박천수가 웃었다.

"얼마나 대단한 집을 지으려고 이 정도래? 어디 궁전이라도 지으려고?"

"혜원이가 살 집이니 궁전처럼 지을 겁니다."

웃으며 마나석을 더블 백에 집어넣던 김호철이 문득 박천수를 바라보았다.

"그런데 오늘 게이트가 열리는 곳에 군인들이 상자 같은 것을 쌓던데……."

"상자? 아! 게이트 너머로 보내는 보급품을 봤나 보네."

"역시 보급품이었군요."

김호철의 말에 박천수가 한숨을 쉬었다.

"돌아오지 못할 걸 알면서 보내놓고 이제 와서 라면 따위를 보내봐야 무슨 소용이야?"

"라면?"

"전에 한번 궁금해서 보급품 상자 쌓는 것 도와주면서 열어본 적이 있는데 라면하고 초콜릿 같은 게 들어 있더라고."

"라면하고…… 초콜릿? 진짜요?"

"진짜라니까. 게이트 너머로 보내는 보급품이 라면하고 초콜릿이야."

박천수의 말에 김호철은 황당했다.

"라면…… 초콜릿?"

"그래, 황당할 거야. 게이트 너머에 간 능력자들하고 군인들은 그래도 나라를 위한 일이라 생각하고 애국심에 갔을 텐데…… 돌아오게 할 방법은 생각도 못 하면서 라면하고 초콜릿이라니……. 하여튼 윗대가리들 무슨 생각하는지 알 수가 없어."

고개를 젓는 박천수를 보며 김호철이 말했다.

"다른 상자는 보셨습니까?"

"총하고 총알 같은 무기하고 건전지 같은 게 들어 있더라. 간 놈들만 불쌍하지."

'흠…… 간편하고 유통기간이 긴 것들로 보낸 모양이네. 그럼 전투식량을 보내지 왜 라면과 초콜릿이야?'

그런 생각을 하던 김호철이 박천수에게 물었다.

"그런데 제가 오늘 그걸 보면서 생각을 해봤는데…… 왜 핵미사일 같은 것은 안 보내는 겁니까?"

"어디? 게이트에?"

"네, 보급품 같은 것을 보낼 수 있다면 게이트 너머로 핵을 보내 몬스터들 쓸어버리면 되는 것 아닙니까? 언데드라고 해도 육체가 먼지처럼 변해버리면 살아남지 못할 텐데요."

김호철의 물음에 박천수가 그가 들고 있는 더블 백을 가리켰다.

"여러 가지 이유가 있겠지만 가장 큰 이유는 그것 때문이지."

"마나석?"

"게이트에서 몬스터가 나오고 사람이 많이 죽었어. 거기에 건물도 몬스터 때문에 많이 부서졌고 말이야. 하지만 그 반대로 게이트가 생기고 몬스터가 나오면서 지구는 마나석을 얻었지."

"역시……."

김호철도 어느 정도 예상을 했었다. 몬스터를 통해 얻을 수 있는 마나석은 고가의 물건이다. 고가란 말은 사람들이 많이 찾고 좋아한다는 것과 같다.

"너도 알겠지만 우리 사무소는 마나석을 대부분 전력공사에 넘긴다."

"그렇죠."

"우리가 판 마나석은 전력공사에서 마법진을 통해 전력을 생산하지. 지금 우리나라 전력의 52%가 마나석을 통한 마나 발전이다. 미국이나 중국 같은 곳은 80%에 육박한다 하지만 그거야 그쪽 땅덩이가 워낙 넓어서 게이트가 열릴 확률이 더 커 마나석 확보가 좋아서 그런 거고."

박천수가 잠시 중국, 미국 땅이 참 넓다는 중얼거림을 하다가 다시 말을 이었다.

"어쨌든 이런 상황에서 게이트가 갑자기 막히고 몬스터가 안 나오면…… 어떻게 될 것 같아?"

"마나석으로 돌아가는 발전소가 멈추니 난리 나겠군요."

"그렇지. 뭐 쉽게 전기를 예를 들기는 했지만 그 외에도 마나석이 안 쓰이는 곳이 없으니 게이트를 막거나 그곳을 통해 핵을 보내는 짓은 어느 나라도 하지 않을 거다."

"몬스터에 의한 사람들 피해는 어떻게 합니까?"

"그럴 때 쓰는 말 있잖아."

"무슨?"

"정치인들이 자주 하는 말. 대를 위한…… 희생."

박천수의 말에 김호철이 눈을 찡그렸다.

"무슨 그런 개 같은 말이 있습니까?"

얼굴이 일그러진 채 눈에서는 열기를 뿜어내는 김호철의 모습에 박천수가 아차 싶었다.

'이런 실수했네.'

혜원이와 김호철이 고아원에 가게 된 이유가 이십 년 전 게이트가 열리면서 나온 몬스터들에 의해 그 부모가 죽었기 때문이다. 그러니 방금 말을 한 대를 위한 희생에 김호철의 부모가 들어가는 것이다.

자신이 실수했음을 안 박천수가 김호철에게 사과를 했다.

"미안하다. 내가 말이 좀 심했다."

박천수의 말에 김호철이 잠시 심호흡을 하다가 고개를 저었다.

"아닙니다. 박 팀장님이 생각이 그런 것이 아니라 나라 다스리는 놈들 생각이 그렇다는 거지 않습니까."

"그래도 네 앞에서 할 말은 아니었다. 미안하다."

박철수의 사과에 김호철이 고개를 끄덕이고는 마나석을 바라보았다.

"어쨌든…… 정치인들은 게이트를 닫을 생각이나 몬스터를 쓸어버릴 생각이 없다는 거군요."

"그런 셈이지."

박천수의 말에 김호철이 한숨을 쉬었다.

"대를 위한 희생이라…… 후! 말은 좋군요. 지들은 한 번도 희생이라는 것을 해본 적 없을 텐데."

"언제 어디서나 힘 있는 자들이 '대'인데 희생은 무슨. 그래서 만들어낸 말이 '대를 위한 희생' 아니냐. 자신들 위해 희생하라 이거지."

자신의 말에 입맛을 다시는 김호철을 보며 박천수가 말했다.

"출세해라."

"출세?"

"어쩌겠냐? 힘 있는 놈들 꼴 보기 싫다고 힘없이 살 수는 없는 것 아니냐?"

"저도 그런 놈들과 하나가 되라는 말입니까?"

"하나가 되든 그놈들을 뒤집든…… 그놈들이 있는 곳에 같이 서 있지 않는 이상 아무것도 할 수 없다."

박천수의 중얼거림에 김호철이 그를 보다가 입을 열었다.

"박 팀장님, 지금 좀 달라 보이십니다."

"뭐가?"

"어쩐지 좀 철학적인 것 같기도 하고…… 뭔가……."

"후! 인생 살다 보면 개통철학 한두 개 정도는 가지게 되는 법이다."

박천수의 말에 김호철은 그가 조금은 달라 보였다.

'개통철학이라……. 나이를 그냥 먹은 것은 아니었네.'

김호철이 자신을 조금은 다른 눈으로 보는 것을 느꼈는지 박천수가 헛기침을 했다.

"캐릭터에 맞지 않는 이야기를 했나. 조금 그렇네."

웃으며 고개를 저은 박천수가 김호철이 든 더블 백을 손으로 툭 쳤다.

"능력 되면 잡몹들 잡지 말고 A급 하나를 잡아. 돌멩이 열 번 굴리는 것보다 바위 하나 굴리는 것이 더 많이 가는 거다. 특히 등급 높고 속성 있는 마나석은 부르는 것이 값이니까."

박천수의 말에 김호철이 혀를 찼다.

"크윽!"

그런 김호철의 모습에 박천수가 의아한 듯 바라보았다.

"왜?"

"오늘 살라만다가 나왔는데…… 잡았다가 놔줬습니다."

"살라만다를? 귀한 것 봤네가 아니라 잡았으면 잡았어야지. 왜 놔줬어? 정령 마나석은 아주 비싸."

"아주…… 비쌉니까?"

"그럼. 특히 불의 정령의 마나석은 속성이 불이라 마나 발전소 중 화력을 이용하는 곳에서 아주 비싸게 구입한다고."

"그럼…… 얼마나?"

아쉬움에 눈동자가 흔들리는 김호철을 보며 박천수가 입을 열었다.

"살라만다면 못해도 십억은 하고 아주 비싸게 받으면 오십억도 하지."

"십억에서 오십억? 같은 살라만다 마나석 가격이 왜 이리 차이 납니까?"

"마나 보유량 때문이지. 정령은 그 자체가 마나 덩어리인데 나타나는 순간부터 마나를 소모하지. 그래서 나타나고 오분 이내에 잡아버리면 오십억, 시간이 많이 지나서 잡으면 십억까지 가격이 떨어지는 거야. 그리고 시간이 더 많이 지나 잡으면 마나석도 떨어뜨리지 않고 사라져 버려."

박천수의 말에 김호철은 다시 또 아쉬워졌다. 지금 생각해 보니 살라만다가 나타나고 SG와 짧게 몇 마디 나누고 바로 뛰어가서 잡았다.

그러니 아무리 시간이 지났어도 오 분도 채 되지 않았을 터…….

"오십억…… 크윽!"

그런 김호철을 보며 박천수가 혀를 찼다.

"쯔쯔쯔! 뭐 하느라 놔줬어? 그 돈 덩어리를?"

"그게……."

말을 하던 김호철은 정령에 대한 것을 떠올리고는 박천수를 바라보았다.

"정령에 대해 좀 아십니까?"

"본 적도 없는데 알 일이 없지."

"본 적이 없으십니까?"

"정령들은 게이트를 통해 잘 나타나지 않아. 그리고 나타난다 해도 볼 수 있는 탐색 계열 능력자가 없으면 있는지도 모르지. 그래서 나는 본 적이 없어."

"그렇군요."

"그런데 그건 왜 물어?"

박천수의 물음에 김호철이 자신의 가슴을 가리켰다.

"이 속에…… 불의 정령이 있는 것 같습니다."

"불의 정령?"

"제 몸 속에 있는 불의 정령이 살라만다를 살려 달라고 하더군요. 그리고 살라만다는 저를 보고 제 발 밑에 머리를 숙였습니다."

"흠……."

잠시 생각을 하던 박천수가 초아를 불렀다.

"초아야."

화아악!

빛과 함께 모습을 드러낸 박천수가 초아를 바라보았다.

"정령에 대해 아는 것이 있느냐?"

-인터넷과 판타지 정보에 기반한 정보는 존재합니다.

"호철이를 본 살라만다가 머리를 숙였다는데 어때?"

-정령들은 계급이 존재합니다. 하위 계급은 상위 계급에 절대 복종합니다. 살라만다가 김호철 씨에게 머리를 조아렸다면 상위 정령의 기운을 느꼈기 때문일 것입니다.

초아의 말에 박천수가 말했다.

"살라만다 위가 뭐지?"

─정령 계급은 여러 설명이 있습니다. 하지만 김호철 씨가 만난 것이 살라만다라 불렸다면 그에 관한 계급으로 설명을 하겠습니다. 살라만다 위의 정령은 불의 상급 정령 이그니스와 불의 정령왕 이프리트입니다.

"정령왕?"

─정령왕은 정령들의 왕입니다. 여러 개체가 존재하는 정령과 달리 한 속성의 정령에는 하나의 정령왕이 존재합니다.

"그럼 혹시 내 안에?"

이름만 들어도 대단해 보이는 정령왕이 자신의 몸 안에 있나 싶어 얼굴이 환해지는 김호철을 본 초아가 입을 열었다.

─정령왕이 게이트에 나타난 적은 없습니다.

"아……."

아쉬워하는 김호철을 보며 박천수가 웃었다.

"방금 전까지 정치인들이 어쩌고 게이트에서 나오는 몬스터에 대한 피해가 어쩌고 했던 놈이 정령왕에 아쉬워하냐?"

"아쉽죠. 정령왕인데……."

"미친놈…… 중급 정령이 A급 잡는 것보다 더 어렵다. 상급 정령이 S급이다. 그럼 정령왕이 나타나면 어떻게 되겠냐? 지구 멸망이야."

"S급? S급 마나석은 들어본 적이 없는데 S급 몬스터가 있습니까?"

김호철의 물음에 박천수가 초아를 바라보았다.

"이그니스에 대해 설명해 줘."

박천수의 말에 초아가

─칠 년 전 충청도 보은에 이그니스가 나타났습니다.

칠 년 전이면 김호철이 막 고아원을 나와 입대를 했을 때다.

"뉴스는 들은 것 같아. 보은과 그 일대 도시가 모두 불에 타 사라졌다는……."

─보은에 나타난 이그니스에 의해 도시 전체가 불에 타 재가 되어 사라졌습니다. 당시 게이트를 막기 위해 출동한 SG 전멸, 프리 헌터 전멸, 군인 325명 사망. 민간인의 피해는 추정치도 낼 수 없었습니다.

초아의 설명에 김호철이 놀란 눈으로 그녀를 바라보았다.

"전멸? 그럼 이그니스는?"

─보은을 넘어 다른 곳으로 이동하던 이그니스는 칠장로에 의해 제압되었습니다.

"칠장로?"

─칠장로 7인이 동시에 움직인 처음이자 마지막 일이었습니다.

"그럼 이그니스가 칠장로 전부가 움직여야 할 만큼 강하다는 거야?"

"강하지. 그러니 S급으로 분류되는 거 아니겠어. 아! 혹시라도 하는 말이지만 이그니스가 네 안에 있더라도 오거처럼 컨트롤 못할 것 같으면 꺼내지 마. 근처에 있는 사람 다 죽는다."

박천수의 경고에 김호철이 고개를 끄덕였다.

'오거가 날뛰어도 난리가 나는데 한 도시를 파괴하는 이그니스가 날뛰면 큰일 나겠구나.'

속으로 중얼거린 김호철이 잠시 생각을 하다가 초아를 바라보았다.

"이그니스의 사진이나 영상 같은 것 있어?"

김호철의 말에 초아가 입을 열었다.

─지하 훈련장으로 오십시오.

화아악!

말과 함께 사라지는 초아를 보며 김호철이 지하 훈련장으로 향하는 문을 열다가 박천수를 바라보았다.

박천수는 따라오지 않고 바 앞에 앉아 있었다.

"같이 안 가십니까?"

"손님 올지도 모르는데 가게 지켜야지."

"손님이 오는 건 한 번도 못 봤는데…… 손님이 오기는 옵니까?"

김호철의 말에 박천수가 웃었다.

"안 와."

"그런데 가게를 지켜요?"

"손님이 없어도 가게를 비우지 않는 것. 그것이 마리아의 경영 철학이거든. 가게 비워 놓은 거 알면 마리아한테 맞아."

박천수의 말에 김호철이 그를 보다가 고개를 끄덕였다.

"그럼 수고하십시오."

그러고는 김호철이 지하 훈련장으로 내려갔다. 지하 훈련장 안에 들어선 김호철은 벽 한쪽에 커다란 스크린이 나와 있는 것을 알았다.

'스크린으로 보여주려는 건가?'

"환영으로는 못 보여주는 거야?"

스크린으로 보는 것보다 환영으로 실감나게 보는 것이 이미지화를 하기 쉬운 것이다.

－환영을 만들기 위해서는 자료가 필요합니다. 이그니스에 관한 자료만으로는 외형은 비슷할지 몰라도 전투 능력과 움직임은 표현할 수 없습니다.

"외형만으로도 충분해."

이미지화하는 데 전투 능력까지는 필요 없다.

'뽑든 안 뽑든 일단은 이미지화를 해놓는 것이 중요하겠지.'

속으로 중얼거린 김호철이 초아를 바라보았다.

"부탁해."

─이미지 형상화를 위한 시간이 필요합니다.

"기다릴게."

김호철의 말에 초아가 눈을 감았다. 그리고 잠시 후 눈을 뜬 초아가 손을 들었다.

화아악!

그러자 초아의 옆에 커다란 화염의 드래곤이 모습을 드러냈다.

"크다!"

김호철이 화염의 드래곤을 보며 하는 말에 초아가 입을 열었다.

─이그니스의 크기는 작은 참새크기부터 빌딩만 한 크기까지 조절이 가능합니다. 지금 이 크기는 제가 임의로 정한 크기입니다. 크기를 조절하시겠습니까?

"아니, 이 정도가 좋을 것 같아."

말과 함께 김호철이 이그니스를 바라보았다. 이그니스는 석상처럼 미동도 하지 않고 서 있었다. 하지만 그 크기와 모습만으로도 엄청난 위압감을 풍기고 있었다.

거기에 이그니스를 감싸고 있는 불꽃의 형상까지…….

'괴물이 따로 없네.'

이그니스를 보던 김호철이 입을 열었다.

"움직이게는 못 하지?"

─움직일 수는 있지만 그것은 제 임의 계산에 의한 것 실제 이그니스의 움직임과는 차이가 클 수 있습니다. 움직이게 할까요?

초아의 말에 김호철이 잠시 생각을 하다가 고개를 저었다. 실제 이그니스의 움직임과 다르다면 이미지화를 해도 그것은 틀린 이미지라 도움이 되지 않을 것 같았다.

잠시 이그니스를 보던 김호철이 그 눈을 바라보았다.

"눈은 실제 이그니스의 눈인가?"

─지금 이그니스 환영은 실제 사진과 동영상을 통해 재현한 것 오차율은 5% 이하입니다.

"실제와 비슷하다는 거네."

이그니스를 보던 김호철이 그 눈을 바라보았다.

'시작은 눈부터…….'

눈을 먼저 이미지화를 하려는 것이다.

2장
토종 몬스터 뱀파이어

또각! 또각!

하이힐의 굽 소리에 정민이 마리아를 바라보았다.

"누나 하이힐 소리 듣기 좋다."

정민의 말에 마리아가 웃었다.

"그래?"

"응, 평소에도 하이힐 신어. 걸을 때마다 듣기 좋게."

"그럴까?"

정민을 보며 미소를 지은 마리아가 다시 걸음을 옮기자 정민과 오현철이 그 뒤를 따랐다.

마리아는 붉은 스커트에 하얀 블라우스, 그리고 그 위에 붉은 가죽 재킷을 입고 있었다.

붉은 머리칼을 가진 마리아와 그 모습은 너무나 잘 어울렸다. 그 덕에 주위를 지나가는 사람들의 시선이 한 번씩은 마리아에게 향했다.

"와! 엄청 예쁘네."

"머릿결 봐."

사람들이 마리아를 보며 작게 감탄을 하는 것을 들으며 정민은 괜히 자신이 기분이 좋았다. 마치 자신이 마리아의 남자 친구라도 된 것 같은 느낌이 드는 것이다.

으쓱한 기분을 느끼며 걸음을 옮기던 정민과 오현철, 마리아는 능력자 협회에 들어섰다. 전에 김호철이 왔을 때처럼 1층에는 많은 능력자가 의뢰를 찾아 대기하고 있었다.

마리아는 그곳을 지나쳐 바로 엘리베이터를 탔다.

우우웅!

엘리베이터에 같이 탄 사람들이 힐끗거리며 마리아를 바라보았다. 입을 열어 말하진 않았지만 모두 마리아의 아름다움에 감탄한 것이다.

이렇게 밀폐된 곳에서 사람들의 시선이 자신을 훔쳐보자 마리아가 눈을 살짝 찡그렸다. 예쁜 것이 죄기는 하지만 자신을 이렇게 훔쳐보는 시선이 좋지는 않은 것이다.

그것을 느꼈는지 오현철이 입을 열었다.

"마스터, 협회장께서 무슨 의뢰를 하려는 것인지 아십니까?"

"글쎄요. 오면 알 것이라는 말만 해서 저도 가 봐야 알 것 같네요."

오현철과 마리아의 대화에 엘리베이터에 탄 능력자들의 얼굴에 놀람이 어렸다.

'마스터? 저 여자가 한 길드의 마스터?'

"협회장? 협회장이 저 여자한테 의뢰를?"

마스터라면 한 길드의 대장이라는 말이다. 그 말은 길드에서 가장 강하다는 말과 같고, 협회장이 직접 의뢰를 하러 부를 정도라면 강한 길드일 것이다.

그렇다면…… 지금 자신들이 훔쳐보는 여자가…….

"꿀꺽!"

슬며시 엘리베이터 앞으로 고개를 돌리는 사람들을 보며 마리아가 슬쩍 오현철을 바라보았다.

'고마워요.'

작게 입모양을 만드는 마리아를 보며 오현철이 작게 고개를 끄덕였다. 오현철이 괜히 마스터라는 말과 협회장이라는 단어를 꺼낸 것이 아닌 것이다.

띵동!

7층에서 내린 마리아가 익숙한 걸음으로 복도를 따라갔다. 곧 현대식 빌딩과는 어울리지 않는 한지로 된 미닫이문이 나탔다.

미닫이문 앞에 선 마리아가 입을 열었다.

"행복 사무소 소장 마리아예요."

마리아의 말에 미닫이문이 열렸다.

스르륵!

안으로 들어간 마리아의 눈에 다과상을 앞에 두고 방석에 앉아 있는 두 사람이 보였다.

한 사람은 청수한 외모의 한복을 입은 노인이었다. 능력자 협회의 회장이자 칠장로 중 한 명, 백진이었다.

그리고 노인의 앞에는 금발의 외국인 성직자가 앉아 있었다.

'바티칸 사람인가?'

백진과 같은 거물과 마주 앉아 있을 만한 외국인 성직자라면 바티칸 사람일 확률이 컸다.

그런데…….

'뭐지? 이 음습한 기운은?'

몬스터와 같은 음습한 기운이 성직자에게서 느껴지고 있는 것이었다.

'어둠 계열 속성 능력자인가? 성직자가 가지기에는…….'

성직자를 보며 의아해하던 마리아의 귀에 정민의 중얼거림이 들려왔다.

"어? 뱀파이어다."

‘뱀파이어다’ 하는 정민의 중얼거림에 오현철이 마리아의 앞에 섰다.

우두둑! 우두둑!

순식간에 몸이 부풀어 오르는 오현철의 모습에 마리아가 고개를 저었다.

“멈추세요.”

“소장님.”

오현철의 말에 마리아가 다시 고개를 저었다.

“협회장님이 계세요. 걱정하지 마세요.”

마리아의 말에 오현철이 가만히 찻잔을 들어 차를 마시는 백진을 바라보았다. 그러고는 능력을 풀어냈다.

우두둑! 우두둑!

요란한 소리와 함께 원래 몸으로 돌아가는 오현철을 지나친 마리아가 백진을 향해 고개를 숙였다.

“마리아 왔습니다.”

마리아의 말에 백진이 찻잔을 내려놓았다.

탓!

가벼운 소리와 함께 백진이 마리아를 바라보았다.

“이리 앉으시게.”

백진의 말에 마리아가 금발의 성직자를 바라보았다.

“뱀파이어가 대낮에 별일이군요.”

마리아의 말에 성직자가 미소를 지으며 정민을 바라보았다.

"제가 말을 하기 전에는 다들 잘 모르시는데 저 소년은 바로 알아보는군요."

성직자의 말에 마리아도 고개를 끄덕였다. 정민이 말을 하지 않았다면 마리아도 성직자가 몬스터, 뱀파이어라 생각하지 못하고 그저 이상한 기운을 풍기는 능력자라 생각했을 것이다.

"나이는 어려도 뛰어난 능력자예요."

"그래 보입니다."

웃으며 말을 하는 성직자를 보던 마리아가 문득 고개를 갸웃거렸다.

"지금 한국말을 하시는 건가요? 아니면 정신감응?"

"정신감응을 할 수는 있지만 말하라고 만들어 놓은 입을 두고 괜히 힘을 쓸 필요가 없지요. 한국말은 좀 할 줄 압니다."

"좀이라고 하기에는 너무 잘하시는데요."

마리아의 말에 성직자가 웃었다.

"오랜 시간을 사는 뱀파이어입니다. 언어 정도야 시간만 있다면 어려울 것이 없지요. 그리고 6.25라고 하지요? 그때 미군 중위로 참전을 했었습니다."

"참전 용사라……. 동안이라 하고 싶지만 뱀파이어라면

그럴 수 있겠네요. 그런데…… 복장은 코스프레?”

마리아의 물음에 성직자가 작게 성호를 그리고는 말했다.

“십 년 전에 정식으로 바티칸에서 서품까지 받은 성직자입니다.”

성직자의 말에 마리아가 황당하다는 듯 그를 바라보았다.

‘뱀파이어가…… 바티칸 서품을 받은 정식 성직자?’

황당하고 믿을 수 없는 것이다. 뱀파이어의 천적이 바로 가톨릭의 성법이니 말이다.

황당한 눈으로 성직자를 보는 마리아를 보며 백진이 입을 열었다.

“두 사람 말이 잘 통하는 것 같으니 보기 좋군.”

백진의 말에 마리아가 그를 바라보았다.

“조금 당황스럽습니다.”

다른 곳도 아니고 능력자 협회 회장실 안에 뱀파이어와 다과상을 함께하고 있는 것이다.

그런 마리아를 보며 백진이 말했다.

“몬스터라고 모두 인간의 적은 아니지.”

그러고는 백진이 성직자를 가리켰다.

“소개하지. 바티칸에서 오신 바울 신부님이시네.”

백진의 말에 마리아가 바울을 바라보았다.

“진짜 신부님이세요?”

"가짜로 신부 행세를 하면 천벌을 받습니다."

작게 성호를 긋는 바울을 보는 마리아가 잠시 그를 보다가 입을 열었다.

"신을 믿나요?"

마리아의 물음에 바울이 미소를 지었다.

"저와 같은 뱀파이어는 신을 믿으면 안 되는 것입니까?"

"글쎄요. 제가 기독교는 아니지만 뱀파이어에게 효과 있는 공격 수단은 대부분 기독교의 것이 아닌가요? 그 목에 걸린 십자가 같은?"

마리아가 손을 들어 자신의 목에 걸려 있는 은 십자가를 가리키는 것에 바울이 고개를 끄덕였다.

"어디 뱀파이어뿐이겠습니까. 신의 상징은 신을 받들지 않는 자들에게는 치명적이지요."

화아악!

눈을 감으며 바울이 성호를 긋자 그의 몸에서 따스한 황금빛 서기가 흘러나왔다.

'신성력?'

바티칸의 능력자들은 마나와는 조금은 다른 신성력을 사용한다. 그런데 그런 기운이 지금 뱀파이어인 바울의 몸에서 느껴지는 것이다.

'언데드가 어떻게?'

뱀파이어는 언데드에 속하는 몬스터다. 그런데 언데드에게 쥐약인 신성력을 사용하다니.

"이해하기가 너무 힘드네요. 뱀파이어가 신부인 것도 모자라 신성력이라니……."

마리아의 중얼거림에 바울이 고개를 끄덕였다.

"언데드가 신성력을 사용하니 신기해 보이실 것입니다. 하지만 알아두셔야 할 것은 신성력은 신을 믿는 이라면 누구나 얻을 수 있는 것입니다."

"그런가요?"

"그렇습니다. 신을 얼마나 믿느냐에 따라 신께서는 신성력을 허락해 주시지요. 게이트가 열리기 전에도 독실한 사제들께서는 신성력으로 저와 같은 몬스터들을 퇴치하셨습니다."

잠시 말을 멈췄던 바울이 몸에서 흘러나오는 신성력을 흡수했다. 그러자 방금 전까지 따스하게 느껴지던 기운은 사라지고 처음 바울을 봤을 때 느꼈던 음습한 기운이 느껴졌다.

뒤이어 바울이 손을 들어 목에 걸려 있는 은 십자가를 쥐었다. 그러자…….

치이이익!

뭔가 타들어 가는 듯한 소리와 함께 바울의 손바닥에서 연기가 피어오르기 시작했다.

마리아가 아무런 말 없이 자신의 손을 보는 것을 본 바울이 고개를 끄덕이고는 은 십자가를 쥐고 있던 손을 폈다.

치이이익!

바울의 손바닥에는 선명한 십자가 모양의 탄 자국이 있었다. 아직도 연기를 피워 올리는 자국을 보는 마리아를 보며 바울이 입을 열었다.

"고작 은으로 만든 이 작은 조각이 뱀파이어인 저에게 대미지를 줍니다. 은이 아니라 철로 된 것을 만져도 이와 같지요."

"그래서요?"

"제 몸이 바로 신이 존재한다는 증거. 그러니 어찌 제가 신을 믿지 않겠습니까. 제 자신이 신이 존재함을 증명하는 증거이니……. 아마도 저보다 신의 존재에 대해 의심하지 않고 그분을 믿는 자는 없을 것입니다."

바울의 말에 뒤에 있던 정민이 황당하다는 듯 말했다.

"십자가만 만지면 아프니…… 신이 존재하고 그래서 신을 믿는다?"

정민의 말에 바울이 그를 바라보았다.

"어린 형제가 말을 참 간단히 하는 재주가 있군요."

바울의 말에 정민이 웃었다.

"일 더하기 일은 이가 답이죠. 설명이 필요하지 않잖아요."

"후! 그렇군요."

바울과 정민의 대화를 듣던 마리아가 말했다.

"그럼 오히려 신을 미워해야 하는 것 아닌가요?"

"처음에는 미워했습니다. 그래서 어렸을 때는 유럽에서 성직자도 많이 죽였습니다."

죽였다는 말에서 성호를 그은 바울이 말을 이었다.

"신에 대한 미움에 그 힘을 이길 방법을 찾아 성경을 읽기 시작했습니다. 그러다 보니 신의 가르침을 알게 되었습니다."

"그래서 성직자가 되었다?"

고개를 끄덕이는 바울의 모습에 마리아가 황당하다는 듯 바울을 바라보았다.

'미친 뱀파이어…… 아니, 바티칸이 미친 건가? 뱀파이어를 신부로 받아들이다니.'

둘 다 미쳤다는 결론을 낸 마리아가 바울을 보다가 백진을 향해 고개를 돌렸다.

"저를 부른 이유가 이 바울…… 신부님 때문입니까?"

"그렇네."

백진이 바울을 향해 고개를 돌렸다.

"바울 신부께서 말을 하시게나."

백진의 말에 바울이 고개를 끄덕이고는 마리아를 바라보았다.

"얼마 전 일본 능력자들이 한국에서 일을 벌였습니다. 바로 그쪽 분을 공격한 사건."

"그런 것을 어떻게?"

"보통 능력자가 사고를 치면 그 나라 SG들이 수습을 하는데 외국 능력자가 사고를 치면 그에 관한 것이 국제 SG 연맹에 보고가 됩니다."

"발이 넓은가 보군요."

"신을 믿는 분들은 세상 그 어디에도 있는 법이지요."

바티칸에게 이 정도는 아무것도 아니라는 듯 웃은 바울이 마리아를 보며 말을 이었다.

"어쨌든 한국 SG가 국제연맹에 보낸 보고서에 의하면……김호철 씨라는 분의 여동생을 찾는 과정에서 일본인들과 일이 생겼다로 되어 있더군요."

"바티칸이 이 일에 관심을 갖는 이유가 뭐죠?"

"김호철 씨 동생과 비슷한 케이스가 세계적으로 몇십 건이 보고되었습니다."

"몇십 건?"

"게이트가 열리고 난 후 마나를 가지고 태어나는 아이들……."

스윽!

고개를 들어 마리아를 보며 바울이 입을 열었다.

"마리아 소장님과 같은 아이들이 납치되거나 사라지는 일들이 발생하였습니다."

자신과 같은 아이들이라는 말에 마리아의 얼굴이 굳어졌다. 그런 마리아를 보며 바울이 입을 열었다.

"그런 일의 중심에 일본인이 있었습니다. 그런데 어제 새로운 정보가 들어왔습니다. 바로……."

"거기까지 하시면 무슨 이야기인지 알겠네요. 어제 우리 직원이 SG와 능력자 협회에 보고한 내용 때문에 오신 거군요."

김호철의 말에 바울이 고개를 끄덕였다.

"그렇습니다. 보고 내용을 보고 얼마나 놀랐던지……. 저희 바티칸에서 그동안 조사를 하던 내용을 한 번에 넘어서는 핵심 정보들이었습니다."

"그래서요?"

마리아가 자신을 지긋이 보는 것을 보며 바울이 입을 열었다.

"김호철 씨의 주위에 저희 쪽 사람을 배치하려 합니다."

"감시하겠다는 건가요?"

"말하기에 따라 다르겠지만, 저희 쪽에서는 보호라고 말을 하겠습니다. 신의 교단…… 후! 그 집단의 이름도 이번에 처음 알았군요."

그러고는 바울이 마리아를 바라보았다.

"그 집단의 1번을 김호철 씨가 죽였습니다. 분명 신의 교단에서 보복하려 할 것입니다. 저희는 그때를 대비해 김호철 씨를 보호하고 그 꼬리를 잡으려는 것입니다."

바울의 말에 마리아가 그를 지그시 바라보았다.

'말은 좋지만…… 호철 씨를 미끼로 신의 교단을 낚겠다는 거네.'

그 사실에 마리아가 바울을 보다가 핸드폰을 꺼냈다.

"잠시 실례하겠습니다."

"그러십시오."

바울과 백진에게 양해를 구한 마리아가 핸드폰을 다과상 밑으로 내리고는 메모장을 열었다.

바티칸 나빠.

호철 씨를 미끼로 신의 교단을 낚으려 한다. 재수 없어.

바티칸 좋아.

바티칸의 보호를 받지 않더라도 어차피 신의 교단은 호철 씨를 공격할 것이다.

신의 아이인 혜원 언니를 다시 데려가기 위해서라도…….

신의 교단은 반드시 나타난다.

그럴 때 바티칸 능력자들이 옆에 있다면 도움이 된다.

메모장에 자신이 적은 글을 보던 마리아가 오현철을 향해 핸드폰을 내밀었다.

　오현철이 핸드폰에 적혀 있는 메모장을 보다가 밑에다 글을 적었다.

　재수 없다는 데 동감.
　하지만 바티칸의 조력을 받는다면 신의 교단의 공격에서 저희 쪽 피해를 줄일 수 있습니다.

　오현철이 정민에게 핸드폰을 내밀었다. 정민이 메모장에 적힌 내용을 읽고는 잠시 있다가 마리아를 향해 말했다.

　"제가 말해도 돼요?"

　"말해."

　마리아의 허락에 정민이 백진을 바라보았다.

　"협회장님 생각은 어떤 거예요?"

　"뭐가 말이냐?"

　"바티칸 사람들이 저희 곁에 있는 거요. 저희가 싫다고 할 수 있는 건가요?"

　정민의 물음에 백진이 그를 보다가 말했다.

　"바티칸의 협조 요청을 받았으니 우리 한국 능력자 협회는 바울 신부를 도와야 한다."

　아무리 백진이라고 해도 바티칸의 협조 요청을 거부하기

에는 부담이 큰 것이다.

"하지만…… 선택은 마리아와 자네들 행복 사무소 직원들이 하면 된다."

"그런가요?"

"여긴 한국이다. 객이 주인을 핍박하는 경우는 없는 일이지. 그리고 협회비 꼬박꼬박 내는 이유가 이럴 때 방패가 되어 달라고 하는 것 아닌가? 아! 행복 사무소는 밀린 협회비가 있나?"

"없습니다."

"그럼 협회는 자네들 편이네."

눈을 찡그리고 있는 바울을 보며 백진이 그 찻잔에 차를 따라 주었다.

"차 드시게."

백진의 말에 바울이 그를 말없이 바라보았다. 그 눈빛에는 이렇게 비협조적으로 나올 것이냐는 의미가 담겨져 있었다.

그런 바울을 향해 정민이 말했다.

"보호라는 것, 저희들 눈에 띄지 않게 할 수 있나요?"

정민의 말에 바울이 그를 보며 고개를 저었다.

"행복 길드……."

"사무소."

자신의 말을 정정하는 마리아를 보며 바울이 고개를 끄덕였다.

"알겠습니다. 행복 사무소분들에 대해 알아봤습니다. 인원은 적지만 아주 뛰어난 분들이더군요."

"띄워주니 좋기는 한데 결론은요?"

정민의 말에 바울이 그를 보고는 입을 열었다.

"솔직히 자신이 없군요. 아마 보호를 시작하면 바로 눈치채실 겁니다."

바울의 말에 정민이 고개를 끄덕이고는 그를 가만히 바라보았다.

"바울 님은 강하십니까?"

"강하냐?"

"네."

정민의 물음에 잠시 그를 보던 바울이 미소를 지었다.

"강함이란 것이 상대적인 것이라 뭐라 말을 하기 어려워……."

"그렇게 말을 하는 것을 보면 강하신가 보네요. 하긴 바티칸에서 이 일 해결하라고 보낸 분이 약하다면 그게 더 웃길 일이네요."

자신의 말을 끊고 결론을 내버리는 정민을 보던 바울이 말했다.

"그래서 형제께서는 무슨 생각이 있으십니까?"

"호철이 형은 사무소에서 잘 나가지 않아요. 그러니 보호

인원은 저희 사무소에서 5㎞ 정도 떨어진 희망천이란 곳에서 하시면 될 거예요."

"보호하는 것을 허락해 주시는 겁니까?"

바울이 마리아를 보자 그녀가 고개를 끄덕였다.

"저도 정민이 생각과 같아요."

"하지만 거리가 조금 걸리는군요. 5㎞, 멀다면 멀고 가깝다면 가까운 거리인데……."

"능력자들이니 그 정도 뛰어오는 것은 일도 아니에요. 아마 오 분?"

"흠…… 오 분이라……."

생각을 하던 바울이 정민을 바라보았다.

"내가 강하냐고 물은 이유가 있습니까?"

"바울 님은 저희 사무소에 계셔주셨으면 합니다."

"나?"

바울은 의아했다. 다른 보호자들은 떨어진 곳에 두게 하고 자신은 행복 사무소에 있으라니?

'이상하기는 하지만 나로서는 나쁠 이유가 없지.'

바울로서는 김호철과 가까울수록 좋은 것이다. 잠시 정민을 보던 바울이 마리아를 바라보았다.

"괜찮으시겠습니까?"

바울의 물음에 마리아가 고개를 끄덕였다.

"하하하! 그럼 되었군요."

"잠시 자리를 좀 비켜주시겠어요? 협회장님과 할 이야기가 있어요."

마리아의 말에 바울이 웃으며 몸을 일으켜 밖으로 나갔다. 그리고 마리아는 백진과 잠시 이야기를 따로 나누고는 밖으로 나왔다.

김호철은 지하 훈련장에서 이그니스를 대면한 채 앉아 있었다.

"흠……."

이그니스를 가만히 보며 그 모습을 이미지화하고 있을 때 초아가 모습을 드러냈다.

－소장님께서 부르십니다.

"오셨어?"

－네.

"혜원이는?"

－아직 오지 않으셨습니다.

말과 함께 사라지는 초아를 보며 김호철이 입맛을 다셨다.

'혜원이 밥은 먹이고 돌아다니는 건가?'

혜원이를 데리고 간 고윤희를 떠올리며 김호철이 지하 훈련장을 나섰다.

카페로 올라온 김호철은 웬 외국인 신부가 바에 앉아 커피를 마시고 있는 것을 보았다.

'협회 사람인가?'

그런 생각을 하며 신부, 바울을 보던 김호철은 박천수가 담배를 쥐고 있는 것을 보았다.

그것을 보던 김호철이 바 안에 있는 마리아를 바라보았다.

"부르셨습니까?"

김호철의 말에 마리아가 그를 보며 말했다.

"이쪽은 바티칸에서 오신 바울 신부님…… 뱀파이어예요."

마리아의 말에 바울을 향해 인사를 하려던 김호철이 마지막 말에 멈칫했다.

"뱀파이어? 흡혈귀?"

김호철이 놀라 중얼거리자 바울이 웃으며 마리아를 한 번 보았다.

굳이 이야기할 필요가 있냐는 시선에 마리아가 입을 열었다.

"김호철 씨를 보호하기 위해 오셨어요."

마리아의 말에 김호철이 놀람과 당황이 섞인 눈으로 바울을 바라보았다.

"뱀파이어가…… 저를?"

'이게 무슨 소리야. 아니, 무슨 뱀파이어가 신부야?'

이게 무슨 일인가 싶어 마리아를 보자 그녀가 상황을 설명해 주었다. 아무런 가감도 없이 있었던 일 그대로 말이다. 그리고 미끼라는 말과 감시라는 말에 바울이 조금 당황한 듯 마리아를 바라보았다.

"굳이 그렇게 말씀을 하실 필요는……."

"있는 사실 그대로 말을 할 뿐이에요."

그러고는 마리아가 김호철을 바라보았다.

"그렇게 되었어요."

마리아의 말에 김호철이 멍하니 그녀를 바라보았다.

'이게 지금 무슨 상황인 거지?'

잠시 상황을 이해하지 못한 김호철이 생각을 좀 하다가 말했다.

"결론은 이 사람이 저를 감시하면서 신의 교단 놈들이 오면 잡는다는 말이군요."

"정확해요."

"아니, 그게……."

마리아와 바울이 김호철의 뒤를 이어 말을 하려다 서로를 바라보았다.

그런 둘을 보던 김호철이 박천수를 바라보았다. 이제야 박천수가 왜 담배를 손에 쥐고 있는지 알 것 같았다.

'뱀파이어……. 경계하시는 거군.'

박천수가 바울을 경계한다는 것을 안 김호철이 말했다.

"어쨌든 다른 것은 좋습니다. 바티칸이 저를 감시하든 뭐를 하든…… 신의 교단이 나타날 때 도움이 된다면 상관없습니다."

대신 싸워주겠다는데 거절할 이유가 없었다. 김호철의 말에 바울이 미소를 지었다.

"형제께서 시원시원하시군요."

"하지만…… 뱀파이어라면 사람 피 막 빨아 먹고 하는 몬……."

몬스터라는 말을 하려던 김호철이 바울을 보다가 말을 돌렸다.

"존재인데 사무소에서 같이 사는 것은 위험한 것 아닙니까?"

김호철의 말에 바울이 웃으며 고개를 끄덕였다.

"김호철 형제님의 우려가 무엇인지 잘 알겠습니다. 제 입으로 이런 말을 하기 그렇지만 저희 일족은 인간의 피를 먹어야만 살 수 있는 존재…… 당연히 그런 걱정을 하시겠지요. 하지만……."

바울이 자신이 들고 온 가죽 가방을 들어 바 위에 올려놓았다.

"과학이 많이 좋아졌습니다."

바울이 가죽 가방을 열었다.

화아악!

그러자 가죽 가방에서 하얀 냉기가 흘러나왔다. 그런 가죽 가방에서 바울이 무언가를 꺼내 바 위에 올려놓았다.

탓!

"와인?"

와인이라 쓰인 캔이었다. 와인 캔을 손바닥 위에 올린 바울이 입을 열었다.

"옛날에는 진짜 흡혈을 해야 했습니다. 하지만 시간이 흘러 과학이 좋아지다 보니 헌혈팩이 나오더군요. 그리고 이제는 이렇게 캔으로도 나옵니다."

웃으며 캔을 보여주는 바울의 모습에 김호철이 물었다.

"와인이라고 적혀 있는데……."

"요즘과 같은 세상에 사람과 안 부대끼고 사는 곳이 없는데 대놓고 블러드라고 적어놓을 수는 없지 않겠습니까. 그래서 겉은 와인이나 음료수 이름을 적어놓고 있습니다."

바울의 말에 김호철이 침을 삼켰다.

"그럼 그 안에 든 건 피?"

"그렇습니다."

김호철이 침을 삼키며 캔을 보고 있을 때 박천수가 입을 열었다.

"그 캔에 든 피는 어떻게 조달하는 거지? 설마 뱀파이어가 운영하는 피 공장이라도 있는 건가?"

박천수의 말에 김호철의 얼굴도 굳어졌다. 뱀파이어가 운영하는 피 공장이라는 말에 사람들이 매달려 있고 그들에게서 피를 뽑아내는 모습이 상상이 된 것이다.

그런 그들의 모습에 바울이 웃었다.

"하하하! 뭔가 끔찍한 상상을 하시는 것 같은데 일단 무슨 생각을 하셨든 다 오해입니다. 일단 이 캔을 생산하는 곳이니 피 공장이라는 것은 맞는 것 같지만, 이 캔에 들어 있는 피는 헌혈을 통해 얻는 것입니다."

"헌혈?"

"그러니 여러분이 생각하는 것처럼 인간을 죽여서 피를 얻는 것은 아닙니다."

"하지만 그 헌혈은 사람을 살리려고 다른 사람들이 하는 것인데 그것을……."

김호철의 말에 바울이 그를 바라보았다.

"저희가 이 캔을 하나 먹을 때마다 사람 한 명이 사는 것과 같습니다. 그러니 헌혈을 하신 분들께서는 여전히 좋은 일을 하시는 것이지요."

바울의 말에 김호철이 황당하다는 듯 그를 바라보았다.

"뱀파이어에게 피를 주는 것이 사람을 살리는 것이다? 그게 무슨……."

"그럼 저희가 이 캔이 아닌 사람 목에 직접 이빨을 박아야겠습니까?"

여전히 미소를 잃지 않은 바울의 답에 김호철이 눈을 찡그렸다.

"사람을 해치는 것을……."

"살기 위해서는 어쩔 수 없습니다. 저희 뱀파이어는 사람의 피를 먹어야만 살 수 있습니다."

"하지만……."

"그럼 먹지 않고 굶어 죽어야 합니까? 어찌 되었든 저희 뱀파이어도 살아 있는 존재. 살기 위해서는 인간의 피를 먹어야 합니다."

"인간은 뱀파이어의 먹이가 아닙니다."

김호철의 말에 바울이 웃으며 가방에 캔을 집어넣었다.

"이야기가 좀 이상한 곳으로 흘러가는군요."

그러고는 바울이 입을 열었다.

"살아 있는 존재는 모두 살기 위해 싸워 나가는 것입니다. 인간도 뱀파이어도 거기서 벗어날 수 없습니다. 자살이 신께서 정한 가장 큰 금기인 것도 그 이유입니다."

"인간은 남을 해하면서⋯⋯."

"돼지, 소, 닭⋯⋯ 입장에서는 김호철 씨의 말을 틀렸다 할 것 같군요."

인간도 돼지와 소들을 잡아먹지 않냐는 말을 한 바울이 웃으며 바를 손으로 탁 쳤다. 그리고는 웃으며 말했다.

"이런 식으로 이야기가 계속되면 끝이 나지 않습니다. 그리고 이런 대화는 그다지 영양가도 없습니다. 제가 김호철 씨에게 설득당해 인간의 피를 안 먹을 것도 아니고, 김호철 씨가 저에게 설득이 돼 고기를 먹지 않을 것도 아니니 말입니다. 결론은 저는 여기 지내는 동안 여러분의 피를 먹지 않을 것이라는 겁니다."

바울의 말에 그를 보던 김호철이 고개를 끄덕였다.

'하긴 말로 어쩔 수 있는 문제가 아니지.'

속으로 중얼거린 김호철이 입을 열었다.

"저희들 피를 노리지 않겠다는 것 사실이겠죠?"

"신을 모시는 이는 거짓말을 하지 않습니다."

성호를 긋는 바울을 보며 마리아가 고개를 끄덕였다.

"그럼 그렇게 하는 걸로 하죠. 박 팀장님, 바울 신부님 2층 빈방으로 안내 좀 해주세요."

"알았어."

박천수가 바에서 일어나 2층으로 향하자 바울이 그 뒤를 따라 올라갔다.

그런 바울을 보던 마리아가 정민을 향해 고개를 돌렸다.

"무슨 생각으로 저 뱀파이어를 이리 데려온 거야?"

마리아의 말에 정민이 잠시 생각을 하다가 입을 열었다.

"바울이 혜원 누나 정신 금제를 풀 수 있을 것 같아요."

"바울이 혜원이 정신 제약을 풀 수 있어?"

놀라 바라보는 김호철을 보며 정민이 말했다.

"뱀파이어는 정신감응 능력이 있어요. 그 말은 정신을 다루는 능력이 있다는 거죠. 거기에 저 뱀파이어, 몬스터이면서 바티칸의 신부가 됐고 대외적인 일을 맡고 있어요. 대련이든 뭐든 해서 확인을 해봐야 알겠지만 우리가 찾던 마리아 누나의 마나와 대응을 해줄 수 있는 능력자일 확률이 커요."

정민의 말에 김호철의 얼굴에 화색이 돌았다.

"그럼…… 우리 혜원이 정신 금제가 풀리는 거야?"

"하지만 한 가지 문제가 있어요."

"문제?"

"바티칸은 신의 교단을 쫓고 있어요. 그리고 혜원 누나는 신의 교단 14번…… 바울이 그것을 알게 되면 어떻게 될지 알 수 없어요."

그러고는 정민이 김호철을 바라보았다.

"아니…… 제 생각에는 바울은 혜원 누나를 데려가려 할 거예요."

정민의 말에 김호철이 2층을 바라보았다.

"일단은 치료부터……. 그리고 데려가려 하면…… 나무 말뚝 하나 준비해야겠지."

2층을 보며 바울을 생각하던 김호철이 문득 정민을 바라보았다.

"그런데 이 생각을 모두 정민이 네가 한 거야?"

"네."

"정민이 머리가 좋네."

김호철의 말에 정민이 웃었고, 마리아가 미소를 지으며 말했다.

"어리기는 해도 우리 사무소에서 머리 쓰는 일은 애가 다 해요."

"후! 그건 사실이죠. 다들 어찌나 무식한지……."

"이게."

정민의 머리를 손가락으로 가볍게 튕긴 마리아가 김호철을 바라보았다.

"어쨌든 정민이 말 일리가 있죠?"

"일리가 있어 보입니다."

김호철의 말에 정민이 그를 바라보았다.

"일단 호철 형이 바울 신부 내려오면 한번 붙어봐요."

"붙어? 싸워보라고?"

"적당히 핑계 대면서 한번 붙어보자 하면 바울 신부도 거절하지 않을 거예요."

"왜?"

"신의 교단에 대한 정보를 얻기 위해 온 사람이에요. 신의 교단 1번과 형은 싸우고 그를 죽였어요. 즉, 형의 실력을 알면 신의 1번이라는 자의 전투력을 짐작할 수 있다는 거죠."

"그래서 내 싸우자는 요구를 거절하지 않을 거다?"

"그래요. 형과 붙은 바울의 능력을 초아가 측정을 할 거예요."

"초아가?"

"지하 훈련장에서 싸우면 두 분의 몸에서 일어나는 마나량을 초아가 측정할 수 있어요."

그러고는 정민이 마리아를 향해 말했다.

"누나는 직원들한테 메시지 보내세요. 혜원 누나는⋯⋯ 윤희 누나 동생으로 하라고요."

"바울이 그걸로 속을까?"

"호철 형이 혜원 누나를 찾는 것은 알지만 찾았다는 것은 아직 알지 못해요. 일본에서 싸운 것도 혜원 누나 찾으러 갔다가 붙은 걸로 돼 있으니까요."

"바울이 눈치를 채면?"

"안 되면이라는 가정만 계속 생각하고 계획을 세우면 끝이 없어요. 좋은 계획을 세우고 그것이 통하기를 바라야죠. 그리고 지금은 우리 직원 형님들과 누나들 연기가 되기를 바라는 거죠."

정민의 말에 김호철이 그를 바라보았다.

"너 말도 되게 잘하는구나."

"저를 평소 어떻게 생각하신 거예요?"

"피시방 죽돌이?"

김호철의 말에 잠시 눈을 찡그렸던 정민이 웃었다.

"그건…… 뭐 틀린 말은 아니네요. 하하하!"

정민이 웃을 때 김호철의 눈앞에 메시지가 떠올랐다.

〈소장 알람〉

지금 사무소에 바티칸…….

3장
뱀파이어와 담판 하다

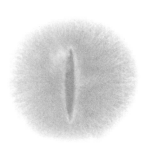

 지금 상황이 적혀 있는 메시지에 김호철이 놀라 마리아를 바라보았다.

 "이건?"

 "아! 호철 씨는 그거 처음 보겠네요. 우리 사무소 문신을 한 이들에게만 보이는 메시지예요."

 "그렇군요. 그럼 혹시 저도 이런 걸 보낼 수 있습니까?"

 "미안하지만 이건 소장인 저만 보낼 수 있어요. 직원들은 수신만 되고 발신은 안 된답니다."

 싱긋 웃은 마리아가 바 위를 손으로 작게 쳤다.

 "내려오네요."

 마리아의 말에 김호철이 고개를 끄덕이고는 계단을 바라보았다. 마리아의 말대로 잠시 후 박천수와 바울이 내려왔다.

"방은 마음에 드세요?"

"깨끗하고 좋더군요."

미소를 지으며 다가오는 바울에게 김호철이 말했다.

"대뜸 이런 말을 하기 그렇지만 바울 신부님과 대련 한번 할 수 있겠습니까?"

"대련?"

"바울 신부님께서 저희에게 도움이 되실지 안 될지 실력을 한번 보고 싶습니다."

김호철의 말에 바울이 그와 마리아들을 한 번 보고는 고개를 끄덕였다.

"그렇게 하시죠. 저도 마침 김호철 씨 실력을 한번 보고 싶었는데 잘되었군요."

선선히 대련 수락을 하는 바울의 모습에 김호철이 힐끗 정민을 바라보았다.

'이 녀석 생각대로잖아.'

정민의 생각대로 일이 되는 것에 고개를 끄덕인 김호철이 지하 훈련장으로 걸음을 옮겼다.

"이리 오시지요."

그런 김호철의 뒤를 바울이 따르자 마리아가 박천수를 바라보았다.

"박 팀장님, 잘 살피세요."

"마리아는 안 가려고?"

"박 팀장님이 저보다 능력 살피는 것은 더 뛰어나잖아요. 그리고 가게 비울 수도 없고요."

"손님 하나 없는 가게 드럽게 챙…… 알았어."

손을 드는 마리아의 모습에 박천수가 그대로 지하 훈련장으로 뛰어갔다.

지하 훈련장에 바울 신부와 마주 선 김호철이 숨을 고르고는 손을 들었다.

"데스 나이트."

파지직!

김호철의 손에서 뿜어진 검은 뇌전이 데스 나이트를 만들어냈다.

쿵!

묵직한 소리와 함께 땅에 내려서는 데스 나이트를 바울이 호기심 어린 눈으로 바라보았다.

"이것이 그 데스 나이트로군요."

김호철에 대한 것은 어느 정도 조사를 한 상태다. 그래서 김호철이 데스 나이트와 몬스터를 부린다는 것을 알고 있었다.

"시작하시죠."

말과 함께 김호철이 뒤로 물러났다. 김호철은 데스 나이트와 합체하지 않았다. 별다른 이유는 없었다.

김호철이 합체를 하는 이유는 오직 자신을 보호하기 위해서이다. 합체를 한다고 해서 데스 나이트의 전투력이 강해지는 것은 아니었다. 아니, 오히려 합체하는 것이 데스 나이트의 전투력을 떨어뜨릴 것이다. 김호철의 움직임이 방해가 될 것이니 말이다.

어쨌든 데스 나이트를 가만히 보던 바울이 김호철을 향해 고개를 돌렸다.

"다른 몬스터도 소환하실 수 있다 들었는데, 더 안 꺼내십니까?"

"일단 칼부터 넘어보시죠."

"칼? 이름도 지어주셨나 보군요."

바울의 말에 김호철이 손을 들었다.

"시작하겠습니다."

김호철의 말과 함께 칼의 손에 해머가 나타났다.

파지직! 파지직!

거대한 해머를 든 칼을 보던 바울이 고개를 끄덕였다.

"그럼 일단 넘어서 봐야겠군요."

말과 함께 바울이 가슴에 손을 넣었다. 그리고 가슴에서 빠져나온 바울의 손에는 포켓 바이블이 들려 있었다.

포켓 바이블을 펼친 바울이 입을 열었다.

"예수께서 이르시되 할 수 있거든 이 무슨 말이냐 믿는 자에게는 능히 못할 일이 없느니…… 아멘."

바울의 음성과 함께 그의 손에 들린 포켓 바이블에서 빛이 흘러나오기 시작했다.

화아악!

그리고…….

파파팟!

성경 책장들이 스스로 뜯겨져 나가며 허공에 휘날리기 시작했다.

"아! 말이 조금 틀렸군요. 제 실력을 보고 싶다면…… 일단 여기부터 넘어보십시오."

바울의 말에 김호철이 그를 보다가 고개를 끄덕였다.

"칼."

김호철의 부름에 칼이 해머를 허공에 한 번 휘둘렀다.

부웅!

묵직하게 들리는 해머 소리를 들으며 김호철이 입을 열었다.

"넘어."

김호철의 작은 중얼거림에 칼이 땅을 박찼다.

파앗!

순식간에 바울의 앞에 모습을 드러낸 칼이 해머를 강하게 휘둘렀다.

부웅!

그리고 해머와 성경 종이들이 부딪혔다.

쫘앙!

커다란 폭음과 함께 바울의 몸이 뒤로 밀려 나갔다.

"어?"

뒤로 밀려나는 바울의 얼굴에는 당혹감이 어려 있었다. 그가 만들어낸 주의 장막이 깨지지는 않았지만 그 충격에 밀려 나 버린 것이다.

'데스 나이트 공격력이 무슨?'

데스 나이트와 싸워본 적이 없는 바울이 아니다. 그렇기에 주의 장막이 칼의 공격을 막을 것이라 생각했는데 칼은 일반 데스 나이트의 공격력을 상회하는 것이다.

탓!

뒤로 밀려나던 바울이 자신을 향해 다시 뛰어오는 칼을 향해 성호를 그었다.

"내게 능력 주시는 자 안에서 내가 모든 것을 할 수 있느니…… 아멘!"

강하게 아멘을 외치며 바울이 성호를 그었다.

화아악!

바울의 손동작과 함께 만들어진 황금빛의 십자가가 데스 나이트를 향해 빠르게 쏘아졌다.

화아악!

쾅!

황금빛 십자가를 해머로 후려친 데스 나이트가 뒤로 밀려났다.

쫘아악!

바닥을 긁으며 밀려나던 데스 나이트가 화가 나는 듯 해머를 크게 한 번 허공에 휘두르고는 땅을 박찼다.

파앗!

그런 데스 나이트의 모습에 바울이 미소를 지었다.

'보통 데스 나이트보다 공격력과 방어력 둘 다 뛰어나다는 건가? 게다가 언데드에게 쥐약인 성법에도 저항력이 있는 것 같은데?'

바티칸의 성법은 언데드 계열에 강한 위력을 발휘한다. 보잘것없는 좀비와 같은 언데드는 성력을 보는 것만으로도 재가 돼 흩어져 버린다. 그런데 김호철의 데스 나이트는 성법을 맞고도 버티는 것이다.

힐끗 김호철을 본 바울이 성호를 그었다.

"주의 뜻이 내 안에 깃들기를 바라옵니다. 아멘."

허공에 만들어진 성호가 바울의 손에 흡수되었다.

화아악!

바울의 주먹에서 작은 빛나는 십자가가 떠올랐다. 그 뒤 자세를 잡은 바울이 달려오는 데스 나이트를 향해 마주 뛰어 갔다.

파앗!

순식간에 서로를 향해 다가선 데스 나이트가 해머를 휘둘렀다.

"힘은 저도 지지 않습니다."

작은 중얼거림과 함께 바울이 데스 나이트의 해머를 향해 그대로 주먹을 휘둘렀다.

쾅!

데스 나이트의 해머와 바울의 주먹이 동시에 뒤로 튕겨 나 갔다.

'묵직하네.'

당연했다. 데스 나이트의 어마어마하게 큰 해머를 주먹으로 쳐 냈으니 말이다.

부웅!

하지만 바울의 생각은 오래가지 않았다. 다시 날아드는 해머를 쳐 내야 하는 것이다.

쾅! 쾅! 쾅! 쾅!

그렇게 해머를 튕겨내던 바울의 주먹이 데스 나이트의 복부를 쳤다.

펑!

폭음과 함께 뒤로 튕겨져 나간 데스 나이트의 몸이 그대로 흩어졌다.

화아악!

검은 뇌전으로 변해 자신의 몸에 흡수되는 데스 나이트를 느끼며 김호철은 솔직히 충격을 받았다.

데스 나이트가 질 수도 있다. 하지만 칼의 해머를 주먹으로 맞서 싸울 수 있는 자가 있다 생각을 못 한 것이다.

"힘이…… 장난이 아니군."

김호철의 중얼거림에 박천수가 턱을 손으로 쓰다듬었다.

"뱀파이어도 몬스터 중 상위급이니 힘과 인간하고 비교할 수가 없지. 하지만 그렇다 해도 데스 나이트의 해머를 저렇게 힘으로 받아치다니……. 성법의 영향인가? 아니면 나이가 많나?"

뱀파이어와 같은 경우는 나이가 많을수록 강한 것이다.

그런 박천수의 말에 정민이 입을 열었다.

"격투 능력이야 그렇다 쳐도 지금 바울 신부는 성법만으로 싸웠어요."

"뱀파이어 능력을 쓰지 않았다는 거지?"

박천수의 말에 고개를 끄덕인 정민이 말했다.

"나이가 몇인지는 몰라도 성력을 사용할 정도라면 뱀파이어로서의 능력도 최고 수준일 거예요."

정민의 말에 김호철이 고개를 끄덕였다.

"결론은 강하다는 것이네."

김호철이 바울을 보다가 그에게 걸어갔다. 바울은 주의 장막을 펼치느라 찢어진 성경 종이들을 줍고 있었다.

찢어진 종이들을 성경 속에 넣던 바울이 김호철이 나오자 미소를 지었다.

"어떻게, 마음에 드셨습니까?"

"강하기는 하시군요."

"그래서 어떻게?"

자신을 보는 바울을 보며 김호철이 손을 들었다.

"칼."

파지직!

김호철의 손에서 뿜어진 뇌전이 데스 나이트를 형성하는 것에 바울의 얼굴에 슬쩍 놀람이 어렸다.

'다시 소환을 할 수 있다?'

몬스터 소환술사가 김호철만 있는 것이 아니다. 그리고 보통 소환술사의 몬스터를 죽이면 바로 소환이 되지 않는다.

아니, 대부분은 죽으면 끝이다. 그런데 김호철의 몬스터는 자신의 손에 죽었는데도 다시 소환이 된 것이다.

바울이 의문 어린 시선으로 김호철을 바라볼 때, 김호철이 데스 나이트를 향해 손을 내밀었다.

"합체."

파지직!

순간 칼의 몸이 검은 뇌전으로 변하며 김호철의 몸을 감쌌다.

화아악!

순식간에 김호철의 몸을 감싸며 갑옷으로 변하는 데스 나이트의 모습에 바울의 얼굴에 놀람이 어렸다.

"합체?"

김호철이 데스 나이트 갑옷을 입고 싸운다는 정보는 알고 있었다. 하지만 그건 갑옷을 입고 싸운다는 것이었지 이렇게 합체를 한다는 내용은 아니었다.

놀란 눈으로 김호철을 보던 바울의 눈에 새로운 데스 나이트가 모습을 드러냈다.

"다니엘."

화아악!

김호철의 손에서 뿜어진 검은 기운이 다니엘을 만들어냈다. 그리고 그런 다니엘을 향해 김호철이 입을 열었다.

"합체."

화아악!

김호철의 음성과 함께 다니엘의 몸이 검은 연기가 되어 갑옷에 흡수되었다.

그러자 김호철의 갑옷의 형태가 조금 바뀌었다. 갑옷에 그려져 있던 늑대 문양의 밑에 창 두 자루가 교차를 했고 양어깨에 날카로운 창날이 모습을 드러냈다.

그 모습에 바울의 얼굴이 굳어졌다.

"데스 나이트 두 기와 합체?"

놀라 바라보는 바울을 보며 김호철이 주먹을 들어 보였다.

"오거…… 힘 내놔."

중얼거림과 함께 김호철이 정신을 집중했다. 그러자 김호철의 몸이 부풀어 오르기 시작했다.

우두둑! 우두둑!

근육들이 부풀어 오르는 소리와 함께 김호철의 몸에서 붉은 기운이 흘러나오기 시작했다.

검은 데스 나이트의 갑옷이 붉은 기운과 합쳐지자 검붉은 색으로 빛이 나기 시작했다.

화아악! 화아악!

그런 자신의 몸을 잠시 내려다본 김호철이 앞을 바라보았다.

'배고프네.'

사실 지금 김호철은 배 속이 텅 빈 것처럼 마나의 고갈을 느끼고 있었다.

숨을 고른 김호철이 손을 들었다.

화아악!

김호철의 손에서 나타난 커다란 해머의 대가리에는 창날이 달려 있었다.

그런 해머를 든 김호철이 입맛을 다셨다.

'마나석 하나 먹었으면 좋겠다.'

그렇지 않아도 부족한 마나에서 무기까지 만들어내니 이제는 마나 고갈을 더 심하게 느끼는 것이다.

지독한 마나의 허기를 느끼며 김호철이 입맛을 다셨다.

'빨리 끝내야겠다.'

속으로 중얼거린 김호철이 입을 열었다.

"정면으로 붙지 마십시오. 죽습니다."

김호철의 말이 그냥 하는 것이 아님을 바울은 알았다. 그만큼 지금 김호철의 몸에서 느껴지는 기세는 장난이 아닌 것이다.

"대단한 힘이군요."

"갑니다."

준비를 하라는 김호철의 말에 고개를 끄덕인 바울이 목에 걸려 있는 은 십자가를 잡았다.

"주의 뜻이 내 안에 깃들기를 바라옵니다. 아멘."

화아악!

은 십자가에서 눈부신 금광이 흘러나오더니 바울의 손에 깃들었다.

바울이 손을 밖으로 힘껏 뿌렸다. 그러자 바울의 손에 깃들어 있던 금광이 뻗어 나갔다.

화아악!

바울의 손에서 뿜어진 금광이 커다란 십자가로 변했다. 마치 광선검과 같은 십자가를 손에 쥔 바울이 자세를 잡았다.

스윽!

양손으로 십자가를 움켜쥐듯 잡은 바울이 김호철을 향해 말했다.

"형제님, 시작하시지요."

바울의 말에 김호철이 입을 열었다.

"가자."

김호철의 말이 끝나기가 무섭게 그의 몸이 땅을 박찼다.

파앗!

순식간에 바울의 앞에 선 김호철의 해머가 휘둘러졌다.

부웅!

빠르게 휘둘러지는 해머를 뒤로 한 발 물러나며 피한 바울이 십자가를 빠르게 찔렀다.

사악!

날카로운 소리와 함께 찔러 들어오는 십자가를 김호철이 해머 손잡이로 쳐 냈다.

파앗! 휘리릭!

쳐 내는 것과 동시에 해머를 회전시킨 김호철의 다리가 움직였다.

파앗!

해머가 회전하는 그 틈을 뚫고 김호철의 발차기가 들어간 것이다.

퍽!

"크윽!"

신음을 흘리며 바울이 뒤로 튕겨져 나갔다.

부웅!

발차기 한 방에 지하 훈련장 끝까지 튕겨진 바울은 벽에 부딪히고 나서야 멈출 수 있었다.

쿵!

묵직한 소리를 내며 벽에 박힌 바울이 피를 통했다.

"우엑!"

피를 한 사발을 토한 바울이 굳은 얼굴로 앞을 바라보았다.

벽에 박힌 바울을 김호철이 바라보았다.

'죽은 것은 아니겠지? 뼈 부러지는 감촉이 있었는데……'

바울의 복부를 후려치는 순간 뼈마디가 부러지는 감촉을

느꼈다. 그런 생각을 하던 김호철의 눈에 바울이 피를 토하며 벽에서 빠져나오는 것이 보였다.

"휴!"

'죽지는 않았군. 그런데…… 안 죽어?'

죽지 않은 것에 안도를 하면서도 김호철은 바울이 죽지 않은 것에 놀랐다.

지금 김호철의 발차기와 주먹에는 데스 나이트의 파괴력에 오거의 괴력이 깃들어 있다.

그런데 안 죽다니?

'뱀파이어라 이건가?'

속으로 중얼거린 김호철이 바울을 바라보았다. 그런데…… 바울의 모습이 이상했다.

발차기에 맞고 튕겨져 나갈 때도 손에 꼭 쥐고 있던 황금빛 십자가 기운이…… 붉게 물들고 있었다.

"크윽!"

신음을 흘리며 구멍에서 빠져나온 바울이 자신의 머리를 잡았다.

'뱀파이어라도 고통을 느낄 테니 아프겠지.'

"괜찮습니까?"

김호철의 말에 몸을 구부린 채 부들부들 떨던 바울이 그를 바라보았다. 그리고…… 언제 고통스러웠냐는 듯 천천히 상체를 일으키기 시작했다.

"후!"

길게 숨을 토한 바울이 땅을 내려다보았다. 바닥에는 그가 토한 피가 있었다.

스윽!

바울이 손을 내밀자 바닥에 뿌려진 피가 붉은 기운으로 변하더니 그 손으로 빨려 들어갔다.

화아악!

붉은 기운을 흡수한 바울이 김호철을 향해 고개를 돌렸다.

"고맙군."

뜬금없는 말에 김호철이 의아해할 때 바울의 몸이 사라졌다.

"온……."

바울이 사라진 것을 공격으로 안 김호철이 자세를 잡으려 할 때 그의 몸이 순간 움직였다.

파앗!

땅을 박차는 것과 함께 김호철의 시야에 정민이 들어왔다.

'정민?'

왜 칼이 정민을 향해 쏘아져 가나 싶던 김호철의 눈에 붉은 기운이 보였다.

화아악!

보였다 싶은 순간 붉은 기운이 뭉치더니 정민의 뒤에 나타났다.

'바울?'

정민의 뒤에 나타나는 것은 바울이었다. 하지만 정민은 그것을 눈치채지 못한 듯 가만히 있었다.

대신 박천수가 어느새 담배에 불을 붙이고 있었다. 하지만 박천수의 동작은 한발 늦었다.

그 모습에 김호철의 손이 움직였다.

화아악!

해머 대가리 위에 달려 있던 창날이 순간 길어졌다.

쫘아악!

날카로운 소리와 함께 김호철의 창날이 정민의 얼굴 옆을 스치듯 지나갔다.

화아악!

김호철의 창날에 뭉쳐지던 바울의 몸이 다시 순식간에 흩어졌다.

촤아악!

붉은 기운을 뚫고 가는 창과 함께 정민의 옆에 선 김호철이 그를 바라보았다.

"괜찮아?"

"네?"

방금 자신이 바울의 먹이가 될 뻔했다는 사실을 모르는 정민의 모습에 김호철이 빠르게 주위를 살폈다.

그때 김호철의 머리가 위로 치켜 올라갔다. 그리고 그의 눈에 붉은 혈기가 뭉치는 것이 보였다.

"이 모기 새끼가."

정민이 방금 죽을 뻔했다는 사실에 화가 난 김호철이 바울을 노려볼 때, 박천수가 급히 말했다.

"아무래도 저놈 이상하다."

"이상하다고요?"

"얼굴 봐."

박천수의 말에 김호철이 시력을 집중하자 바울의 얼굴이 보였다.

바울의 얼굴은 같은 사람이 맞나 싶을 정도로 변해 있었다. 특히 눈과 송곳니…….

눈은 시뻘건 혈안이 되어 있었고 송곳니는 길게 솟아 있었다.

"후우!"

담배 연기를 길게 뿜어낸 박천수가 주위에 스모크 랜드를 펼쳤다.

스모크 랜드 안에 정민과 오현철을 들어오게 한 박천수가 초아를 불렀다.

"초아야, 지하 훈련장 방어막 형성해. 저놈 밖으로 나가면 귀찮아진다."

ㅡ이미 방어막을 형성했습니다.

스윽!

고개를 돌린 초아가 김호철을 바라보았다.

ㅡ방어막을 뚫기 위해 움직입니다. 빨리 잡아주시기 바랍니다.

초아의 말에 김호철이 바울을 보았다. 바울은 천장을 이리저리 때리며 날아다니고 있었다. 아마도 밖으로 나가기 위해 방어막이 없는 곳을 찾는 것 같았다.

"알았어."

말과 함께 김호철이 바울을 향해 달려갔다. 그런 김호철을 느꼈는지 바울이 그를 바라보았다.

"블러드 발칸."

화악! 화아악! 화악!

바울의 손에서 붉은 기운들이 동그랗게 뭉치더니 쏘아졌다.

파파파팟!

붉은 탄이 쏘아졌다 싶은 순간, 어느새 그 탄들이 김호철의 몸을 두들겼다.

퍼퍼퍼퍼펑!

뭔가 반응을 하기도 전에 순식간에 혈탄에 두들겨 맞은 김호철의 몸이 떨어졌다.

쿵!

묵직한 소리를 내며 땅에 떨어진 김호철이 바울을 찾아 고개를 들었다.

'빠르다.'

어지간한 공격은 칼이 먼저 반응하여 막아내는데 지금은 그 반응을 하기도 전에 두들겨 맞은 것이다.

다행이라면 빠르지만 힘은 없는 듯 몸에 충격은 그리 크지 않다는 것이었다.

위를 올려다본 김호철이 다시 움직이려 할 때 그의 해머의 모양이 바뀌었다.

화아악!

검은 기운이 순간 뿜어졌다가 사라진 그 자리에는 해머가 없었다.

대신 창이 있었다. 그리고 김호철의 갑옷에도 변화가 있었다. 늑대 문양 밑에 창이 있었다면 지금은 창이 늑대 문양 위로 올라가고 어깨에 있던 창날 대신 두툼한 해머가 견갑처럼 둘러져 있었다.

'창? 칼이 아닌 다니엘인가?'

김호철이 그런 생각을 할 때 그의 손이 거창을 했다.

팟!

창을 어깨 뒤로 올린 채 한쪽 무릎을 구부린 김호철이 바울을 바라보았다.

스으윽!

천천히 김호철의 앞에 내려선 바울이 입을 열었다.

"너희를 다 죽여야 나갈 수 있는 건가?"

바울의 중얼거림에 김호철이 눈을 찡그렸다.

"바울 신부, 한 대 맞고 미친 건가?"

"바울? 후!"

바울 신부란 말에 작게 고개를 저은 바울이 입을 열었다.

"나는 펠로슈의 주인 펠로슈다."

자신의 주인이라 말을 하는 미친 소리에 김호철이 땅을 박찼다.

"그럼 나는 김호철의 주인 김호철이다."

파앗!

김호철의 어깨에 걸쳐 있던 창이 그대로 앞으로 쏘아져 나갔다.

사아악!

빠르게 바람을 가르며 쏘아져 오는 창에 펠로슈가 손에 들고 있던 붉은 십자가를 휘둘렀다.

까앙!

묵직한 소리와 함께 펠로슈의 몸이 주춤거리며 뒤로 밀려났다. 데스 나이트 두 기와 오거의 힘이 합쳐진 창을 너무 쉽게 본 것이다.

휘이익!

튕겨져 나온 창을 낚아챈 김호철이 창을 왼손 위에 받치고는 강하게 찔러 넣었다.

휘리릭!

자신을 향해 쏘아져 오는 창날에 펠로슈의 몸이 순간 붉은 기운으로 변하며 흩어졌다.

김호철의 공격을 피하기 위해 몸을 붉은 기운으로 바꾼 것이지만 이것은 실수였다.

김호철의 창은 강하게 회전을 하고 있었다. 그 회전으로 일어난 기운에 붉은 기운이 빨려 들어왔다.

휘리릭!

창에 빨려 들어오는 붉은 기운을 본 김호철이 소리쳤다.

"뇌전!"

김호철의 외침에 그의 손을 타고 검은 뇌전이 뿜어졌다.

파지직! 파지직!

그리고 검은 뇌전이 창을 타고 붉은 기운으로 퍼져 나갔다. 붉은 기운에 퍼져 나간 검은 뇌전이 연신 번쩍였다.

쉬지 않고 검은 뇌전을 뿜어내던 김호철을 향해 박천수가 소리쳤다.

"그만! 죽이면 안 돼!"

외침과 함께 다가온 박천수가 담배 연기를 진하게 뱉어내며 말했다.

"후우우우! 뒤로 물러나!"

박천수의 외침에 김호철이 뇌전을 멈추고는 뒤로 물러났다. 김호철이 뒤로 물러나자 붉은 기운을 담배 연기가 감싸기 시작했다.

달칵!

케이스에서 담배 두 대를 꺼낸 박천수가 그것을 입에 물었다. 빠르게 불을 붙인 박천수가 다시 담배 연기를 뿜어냈다.

"후우우우!"

길고 진하게 뿜어진 담배 연기가 붉은 기운 주위를 다시 이중, 삼중으로 감싸기 시작했다.

그럼에도 불안했는지 박천수가 담배를 몇 대 더 태우고는 기침을 하기 시작했다.

"콜록! 콜록! 아! 어지러워."

머리를 잡고 비틀거리는 박천수의 모습에 김호철이 다가왔다.

"괜찮습니까?"

"줄담배는 역시 몸에 해로워."

머리를 흔들며 입맛을 다신 박천수가 붉은 기운이 있는 곳을 바라보았다. 그 시선에 김호철도 붉은 기운을 바라보았다. 담배 연기에 감싸인 채 허공에 맴돌던 붉은 연기가 천천히 바닥에 깔리더니 곧 펠로슈로 변했다.

몸에서 붉은 기운을 뿜어내며 쓰러져 있는 펠로슈는 기절을 한 듯 미동도 하지 않고 있었다.

화아악! 화아악!

데스 나이트와 합체를 푼 김호철이 펠로슈를 가리켰다.

"저 안에서 나오려고 하면 죽여 버려."

4장
이중인격 뱀파이어

"끄으응!"

신음 소리를 내며 눈을 뜨는 펠로슈의 모습에 박천수가 담배를 입에 물었다.

"후우!"

담배 연기를 뿜어내며 스모크 랜드를 만드는 박천수를 보며 김호철이 다니엘의 어깨에 손을 댔다.

"합체."

화아악!

다니엘을 흡수해 합체한 김호철은 문득 묘한 느낌을 받았다.

'하긴 늘 칼과 합체를 했으니…….'

김호철이 다니엘과 합체를 한 이유는 그의 창 공격이 해머보다 붉은 연기에 효과적이라는 판단이 섰기 때문이었다.

그런 생각을 하며 김호철이 펠로슈를 바라보았다.

"펠로슈가 빠져나오려 하면 죽인다."

김호철의 말에 펠로슈가 멍하니 있다가 한숨을 쉬며 앉았다.

"제가 이성을 잃었던 모양이군요."

"이성?"

고개를 저은 펠로슈가 주위를 둘러보았다.

"혹시 제가 죽인 사람은?"

펠로슈의 말에 김호철이 그를 보다가 말했다.

"없어. 그리고 너 미쳤지?"

대뜸 미쳤냐는 말을 하는 김호철을 보며 펠로슈가 그를 바라보았다. 하지만 그 눈에는 안도감이 어려 있었다.

"죽은 사람이 없다니 다행이군요."

그 시선을 받으며 김호철이 말했다.

"방금 전까지 나와 싸우면서 말도 잘하던 놈이 이제 와서 기억이 안 난다?"

김호철의 중얼거림에 박천수가 담배를 입에 문 채 다가왔다.

"펠로슈냐, 바울이냐?"

박천수의 말에 펠로슈의 얼굴이 굳어졌다.

"바울입니다."

펠로슈가 아닌 바울이라 하는 말에 박천수가 그를 보다가 말했다.

"그럼 펠로슈는 누구요?"

"펠로슈는……."

잠시 말이 없던 바울이 한숨을 쉬며 입을 열었다.

"저입니다."

바울의 말에 김호철이 눈을 찡그렸다.

"뭔 소린지 알 수가 없네."

김호철의 중얼거림에 정민이 슬며시 다가왔다.

"혹시 다중인격?"

정민의 말에 김호철이 그를 바라보았다.

"다중인격? 그 다중인격?"

다중인격이라는 것이 뭔지는 김호철도 아는 것이다. 그런 두 사람을 보던 바울이 웃으며 품에서 포켓 바이블을 꺼냈다.

그 모습에 박천수가 고개를 저었다.

"괜한 짓 하지 마십시오. 지금 바울 신부님을 묶고 있는 건 제……."

"고난과 고통이 제 발을 묶지는 못할 것입니다. 아멘."

바울의 말에 포켓 바이블이 튿겨지며 책장이 휘날렸다. 그리고 박천수가 펼쳐 놓은 담배 연기의 고리들을 밀어내기 시작했다.

화아악! 화아악!

포켓 바이블의 종이에 닿은 담배 연기들이 그대로 흩어졌다. 그 모습에 박천수의 얼굴이 굳어졌다.

"어떻게?"

"신의 뜻을 어찌 알겠습니까."

웃으며 손을 흔들어 주위 담배 연기를 흩어낸 바울이 김호철을 바라보았다.

"펠로슈를 막은 것이 김호철 씨입니까?"

"난 아직도 너를 믿지 못하겠어."

"제 뱀파이어 모습을 보았으니 그럴 것입니다. 하지만 지금은 걱정하지 않으셔도 됩니다. 어둠은 빛을 이길 수 없는 법……. 빛인 제가 눈을 뜨고 있는 이상 펠로슈는 나오지 않습니다."

바울의 말에 김호철이 믿지 못하겠다는 듯 그를 바라보았다.

"펠로슈가 당신이고 당신이 펠로슈라면…… 그게 그거 아냐?"

"김호철 씨의 말대로 그게 그거이기는 하지만…… 실제로는 전혀 다릅니다. 저와 김호철 씨의 차이만큼……."

"말을 해봐."

김호철의 말에 박천수가 슬쩍 그를 바라보았다. 김호철의 목소리에는 적대감이 가득 담겨져 있었다.

"진정해."

"제가 조금만 늦었어도 정민이가 저놈에게 죽었을 겁니다. 그런데 어떻게 저놈을 믿습니까?"

김호철이 지금 흥분하고 있는 이유는…… 정민이 조금만 잘못됐어도 죽었을 것이란 사실 때문이었다.

그것도 자신이 바울인지 펠로슈인지 모를 이상한 뱀파이어를 막지 못해서 말이다.

자신의 사람이 말이다.

굳은 얼굴로 바울을 노려보는 김호철을 보며 박천수가 말했다.

"나도 화가 나. 하지만 지금은 일이 어떻게 된 것인지 이자를 여기에 둬도 되는지를 확인해야 해. 그런데 흥분만 해서 뭐가 돼?"

박천수의 말에 김호철이 바울을 바라보았다.

"휴! 알겠습니다."

하지만 바울을 보고 있으면 화가 나는지 김호철이 뒤로 한 발 물러났다.

그런 김호철을 본 박천수가 정민을 향해 고개를 돌렸다.

"이야기 나눠봐."

박천수의 말에 정민이 바울을 보며 말했다.

"펠로슈가 다시 나올 가능성은 얼마나 됩니까?"

"내가 의식을 잃지 않는 이상은 나오지 않습니다."

"바울 신부님이 잠이 들면 어떻게 됩니까?"

정민의 물음에 바울이 미소를 지으며 고개를 저었다.

"전 백 년간 잠을 잔 적이 없습니다."

바울의 말에 김호철과 사람들이 놀라 그를 바라보았다.

"백 년?"

"어떻게?"

사람들이 놀라 바울을 볼 때 정민이 물었다.

"뱀파이어가 원래 잠을 자지 않습니까?"

"인간처럼 많이는 아니더라도 잠깐은 눈을 붙여야 합니다. 그렇지 않으면 몸이 버티지 못하지요."

"그런데 어떻게 백 년 동안?"

"제가 잠이 들면 펠로슈가 나오게 됩니다. 그러니 잠이 들 수 없지요."

"펠로슈는 어떤…… 존재입니까?"

"뱀파이어로서의 제 자아입니다."

한숨을 쉬며 고개를 젓는 바울을 보던 정민이 입을 열었다.

"뱀파이어로서의 자아와 신부로서의 자아가 같이 있다는 것입니까?"

"신부로서의 자아라고 하기보다는 원래 제 자아에서 뱀파이어로서의 자아가 분리되어 펠로슈가 되었다 생각을 하시면 될 것 같습니다."

"그럼 바울 신부님이 의식을 잃지 않는다면 뱀파이어의 자아가 나오지 않는다는 것이군요."

"그렇습니다."

바울의 답에 잠시 생각을 하던 정민이 고개를 끄덕였다.

"알겠습니다."

그러고는 정민이 김호철을 바라보았다.

"조금 부담이 있기는 하지만 바울 신부님의 말은 믿어도 될 것 같아요."

"조금이라고 하기에는…… 너무 엄청난 부담 아냐?"

언제 미쳐 돌아갈지 알 수 없는 뱀파이어를 옆에 두는 것은 부담이 아니라 위험한 것이다.

"무슨 일을 하든 부담은 있는 일이죠. 차라리 잘됐어요."

"뭐가?"

"펠로슈인가 뭔가를 알지 못했다면 그에 대한 방비도 하지 못했을 테니까요. 이렇게라도 알게 되었으니 오히려 잘된 일이죠."

긍정적으로 고개를 끄덕이는 정민을 김호철이 황당하다는
듯 말했다.

"지금이라도 내보내면 될 일 아니야?"

김호철의 말에 정민이 작게 고개를 저었다.

"저한테 생각이 있으니 제 말대로 해주세요."

그러고는 정민이 김호철에게 눈짓을 주었다. 지금은 자신
의 말에 따라 달라는 듯 말이다. 그에 김호철이 고개를 끄덕
이자 정민이 바울을 바라보았다.

"서로 실력은 봤으니 이제 올라가서 쉬시죠."

정민의 말에 바울이 고개를 끄덕이고는 앞장서서 지하 훈
련장을 빠져나왔다.

손님이 앞장서서 가는 것이 건방져 보일지 모르지만 이것
은 바울의 배려였다. 뱀파이어에게 등을 보여주며 걷고 싶은
사람은 없을 것이니 말이다. 그래서 앞장서서 걸어간 것이다.

바울에게 쉬도록 방에 보낸 김호철은 그에게 웨어 라이온
두 기를 붙였다.

"이 녀석들도 김호철 씨의 소환 몬스터입니까?"

"붙여둘 거야."

"후! 그렇게 하십시오. 그런데 설마 저를 공격하거나 하지
는 않겠지요?"

"내 명령이 없으면 공격하지 않아. 하지만 네 뒤를 계속 따라다닐 거야."

김호철의 말에 웨어 라이온을 보던 바울이 말했다.

"이들로 저를 막을 수는 없을 텐데요."

"그건 내가 알아서 해."

그러고는 문을 닫고 나가는 김호철의 모습에 바울이 웨어 라이온들을 바라보았다.

"흠……."

웨어 라이온을 보던 바울이 천천히 그들을 살피기 시작했다.

문을 닫고 나오는 김호철을 보며 박천수가 1층으로 걸으며 말했다.

"웨어 라이온으로 되겠어? 데스 나이트도 안 되는데."

"안 되겠죠."

"그럼 왜?"

"데스 나이트로도 상대가 안 됩니다. 그 말은 제가 어떤 몬스터를 붙여도 다 상대가 안 된다는 겁니다. 그렇다고 데스 나이트 두 기를 붙이자니 제 마나 고갈이 심합니다."

잠시 말을 멈춘 김호철이 말을 이었다.

"웨어 라이온을 붙인 이유는 경계하고 있으니 함부로 움직이지 말라는 의미입니다. 그리고 혹시라도 바울이 몰래 움직인다면 제가 알 수 있는 알람 같은 겁니다."

바울이나 펠로슈가 몰래 움직이려면 웨어 라이온을 죽여야 할 것이다. 그렇게 되면 웨어 라이온이 김호철에게 돌아오니 그가 알 수 있는 것이다.

그런 설명을 들으며 1층 수정 카페에 들어선 김호철은 마리아와 이야기를 하고 있는 정민을 볼 수 있었다.

"이제 네 생각을 말해줘."

김호철의 말에 마리아와 이야기하던 정민이 그를 보고는 말했다.

"제 생각은 간단해요. 달라진 것은 없다예요."

"달라진 것이 없어?"

방금 지하에서 대련을 통해 많은 것이 바뀌었다 생각을 한 김호철의 시선에 정민이 고개를 저었다.

"바뀐 것은 없어요. 바울 신부가 올 때부터 우리는 그가 뱀파이어라는 것을 알았어요. 그리고 지금은 뱀파이어가 봉인돼 있다는 것과 바울 신부가 의식을 잃으면 나타난다는 것을 알고 있죠. 하지만 결론은 다를 것이 없어요. 여전히 '바울 신부는 뱀파이어다'뿐인 거죠."

그러고는 정민이 김호철을 보며 말을 이었다.

"어차피 바울 신부가 뭐라고 말을 하든 우리는 그를 경계

했을 거예요. 펠로슈를 보지 않았더라도요."

그렇지 않냐는 듯 바라보는 정민을 보며 김호철이 고개를 끄덕였다.

"그건 그렇지."

정민이 말이 틀린 것은 아니다. 펠로슈를 보지 않았더라도 뱀파이어인 바울을 혼자 두지는 않았을 것이다.

"그래서 그냥 두자?"

"뭐 저도 바울 신부를 옆에 두는 것이 그리 내키지는 않아요. 하지만 바울에게 얻을 수 있는 것이 있는 이상은 내키지 않아도 참아야죠."

얻을 수 있는 것이라는 말에 김호철이 박천수를 바라보았다. 펠로슈의 모습에 놀라 이때까지 생각하지 못했던 문제가 떠오른 것이다.

"바울이 정신 금제를 풀 수 있을까요?"

김호철의 말에 박천수가 고개를 끄덕였다.

"내가 보기에는 바울 신부의 능력이 대단해. 일대일로 싸운다면 마리아도 그를 이기지 못할 것 같아."

박천수의 말에 마리아가 고개를 끄덕였다.

"붙어봐야 알겠지만 쉬운 상대는 아닐 것 같네요."

"자존심은."

스윽!

자신을 쏘아보는 마리아의 모습에 슬쩍 시선을 피한 박천수가 김호철에게 말했다.

"그러니 바울 신부가 마음에 안 들더라도 잘해줘. 아쉬운 건 우리지 바울 신부가 아니니까."

"알겠습니다."

그때, 김호철이 품에서 핸드폰이 울렸다.

"여보세요."

ㅡ아! 김 사장님.

'사장님?'

사장님이라는 소리에 의아해 핸드폰을 보니 사기로 한 땅의 공인중개사였다.

ㅡ연락이 늦었습니다. 제가 땅 주인하고 합의를 봤습니다.

"가격은 어떻게?"

ㅡ5억 9천 5백입니다.

공인중개사의 말에 김호철이 피식 웃었다.

'육억 밑으로는 안 산다고 했더니…….'

가격이 육억 바로 밑인 것이다. 하지만 어쨌든 가격은 많이 떨어졌다.

"수고하셨습니다."

ㅡ수고는 뭘요. 대신 주인이 빨리 거래를 하고 싶어 합니다. 혹시 오늘 시간…….

"오늘은 안 됩니다."

─아…… 그럼 내일은?

"제가 지금 중한 일을 하던 중이라 잠시 후에 제가 다시 연락드리겠습니다."

─알겠습니다. 그럼 연락 기다리겠습니다.

전화를 끊은 김호철의 모습에 박천수가 말했다.

"땅?"

"땅 주인이 거래 빨리 하고 싶어 한다고요."

"그래? 잘됐네. 내일 가서 거래한다고 해."

"내일?"

"땅 사러 갈 때 같이 소풍 가기로 했잖아. 바울도 데려가서 경치 좋은 곳에서 친목이나 다져 보는 것도 나쁘지 않지. 일단 친해져야 뭘 하든 할 테니까."

말과 함께 박천수가 마리아를 바라보았다.

"내일 어때?"

"소풍이라 좋네요."

그렇게 행복 사무소 직원들의 귀신 동네 소풍이 결정되었다.

김호철과 행복 사무소 직원들은 오현철이 모는 스타크레프트를 타고 이동하고 있었다. 연예인이 타는 차라고 많이 알려진 스타크레프트는 안이 무척 넓었다. 바울과 혜원까지 아홉 명이 타고도 널찍할 정도로 말이다.

소풍을 가는 것이었지만 안은 바울이라는 존재에 의해 조용했다.

김호철이 바울을 힐끗 바라보았다.

"하실 말이라도 있으십니까?"

"펠로슈가 나오지 않게 하십시오."

"저도 그러기를 바라고 있습니다."

김호철이 바울을 강하게 보는 것에 박천수가 분위기를 바꾸려는 듯 말했다.

"다들 아침 일찍 나오느라 아무것도 못 먹었지? 어디 보자……. 이거 윤희하고 마리아가 새벽부터 싼 김밥이야. 이거나 씹으면서 가자고."

차 안에 있던 음식 상자에서 김밥을 은박지에 싸여 있는 김밥들을 꺼낸 박천수가 한 줄씩 사람들에게 돌렸다.

그것을 받은 김호철이 김밥을 혜원이에게 내밀다 고윤희의 눈짓에 입맛을 다시며 은박지를 뜯었다.

바울이 있는 곳에서는 혜원이에게 잘해주지도 말고 챙기지도 말라는 것이 정민의 생각이었다.

혹시라도 바울이 혜원이 김호철의 동생인 것을 눈치채지 못하게 말이다.

그 모습을 보던 바울이 슬쩍 고윤희를 바라보았다.

"그런데 은정 자매에게 문제가 좀 있는 것 같은데……."

바울에게는 혜원을 은정이라는 가명으로 소개했다. 고윤희의 친한 동생이라는 설정으로 말이다.

그렇지 않아도 바울이 혜원의 상태에 관심을 가지게 어떻게 하나 계획을 생각하던 정민이 그의 말에 답했다.

"얼마 전에 은정 누나가 속한 길드와 적대 세력 길드가 싸웠는데 그곳 능력자 중 한 놈이 정신 금제를 걸었어요."

이것이 정민이 생각한 혜원이 정신 금제를 당한 상황이었다.

"정신 금제라……. 상대가 아주 독한 자들이군요. 정신 금제는 거는 것도 어렵지만 푸는 것도 어렵고, 잘못 풀게 되면 정신에 타격이 생겨 백치가 되기도 하는데."

"백치!"

바울의 말에 김호철이 놀라 그를 바라보았다.

"바보가 된다는 겁니까?"

"육체에 생기는 상처는 눈으로 보이고 약을 바르면 낫지만, 정신에 생기는 상처는 아무리 작아도 큰 피해를 주는 법이지요. 게다가 정신이 다쳤을 때 먹는 약은 있지도 않으니……. 그래서 보통 정신 능력자들이라 해도 치료를 위한 행위가 아니면 처벌을 받는데……."

혜원을 보며 중얼거린 바울이 김호철을 바라보았다.

"그런데 은정 자매가 김호철 씨에게도 소중한 분인가 보군요."

"네?"

"방금 마치 친동생의 일이라도 되는 것처럼 놀라시더군요."

바울의 말에 김호철이 고개를 끄덕였다.

"우리 행복 사무소는 서로가 서로를 가족처럼 아낍니다. 그러니 윤희가 동생처럼 아끼는 은정이는 저에게도 소중한 사람입니다."

김호철의 답에 바울이 미소를 지었다.

"인원은 적지만 다들 능력도 뛰어나시고 아주 좋은 길드…… 아니, 사무소로군요."

웃으며 은정을 바라보던 바울의 시선이 곧 앞을 향했다. 그런 바울의 모습에 정민이 눈을 찡그렸다.

'이 정도로는 움직이지 않는 건가?'

사정을 이야기했으니 능력이 되면 도와주겠다는 말을 할 것이라 생각을 했다. 그리고 정민이 보기에 바울은 충분이 능력이 있는 사람이고 말이다. 그런데 그런가 보다 하고 더 이상 신경을 쓰지 않는 것이었다.

하지만 정민은 실망하지 않았다.

이제 시작이다.

김밥을 먹으며 조금은 무겁게 달리는 차 안에서 정민이 말했다.

"그래서 다들 어떻게 하실 거예요?"

갑작스러운 정민의 말에 조수석에 있던 마리아가 고개를 돌렸다.

"뭘?"

"땅 말이에요. 호철이 형 말대로 투자 가치가 있으면 살 건지 말 건지 해서요."

정민의 말에 오현철이 말했다.

"마누라하고 이야기해 봤는데 땅 괜찮으면 사서 펜션이라도 하나 지어보라던데."

"펜션요?"

"막내도 곧 대학생이잖아. 막대 대학생 되면 애 엄마는 한국으로 들어올 거야. 그럼 펜션이나 하면서 살자고 그러네."

"그럼…… 사무소 일은요?"

마리아의 말에 잠시 말이 없던 오현철이 웃으며 말했다.

"이 돈벌이가 얼마나 괜찮은데 마누라가 그만두라고 하겠어. 애들 대학생 되면 돈이 더 많이 들 텐데."

"그래도……."

마리아가 아쉬운 듯 중얼거리자 오현철이 웃었다.

"내가 괜히 이야기했나? 어쨌든 걱정하지 마. 그냥 그렇다는 거지. 펜션 짓는 데도 돈이 얼마나 드는데."

웃으며 말을 하는 오현철을 보던 정민이 말했다.

"그럼 현철 형은 땅 살 것 같고⋯⋯. 나도 땅 좀 사려고요."

정민의 말에 김호철이 그를 바라보았다.

"너도?"

"경치 좋은 곳은 어디든 다 돈이 되는 거죠. 제가 여기 오기 전에 부동산 관련 책을 봤는데 돈 되는 땅의 조건 중 두 개를 갖고 있더라고요."

"돈 되는 땅?"

돈 되는 땅이 뭔가 해서 바라보는 김호철을 보며 정민이 설명했다.

"첫째가 사람이 많이 사는 땅, 둘째가 사람이 많이 다니는 땅, 셋째가 경치가 좋은 땅, 넷째가 서울과 가까운 땅⋯⋯ 뭐, 그 외로도 있지만 이 중 셋째와 넷째가 지금 가는 땅과 맞죠."

"경치가 좋고 서울과 가깝다?"

"네, 차 안 막히면 한 시간 반이면 가잖아요. 휴가지로 좋죠. 그리고 저수지도 있어서 낚시꾼들한테도 인기 있을 테고. 러브호텔을 만들어도⋯⋯."

정민의 말에 김호철이 눈을 찡그렸다.

"못하는 소리가 없네."

"후! 말이 그렇다는 거죠. 어쨌든 경치 좀 보고 괜찮으면 저도 좀 살려고요."

정민까지 산다고 하자 박천수가 고개를 끄덕였다.

"정민이가 사면 나도 좀 사지 뭐."

그런 일행들의 모습에 바울이 입을 열었다.

"소풍을 가는 것이 아니라 다들 땅 보러 가시는 거였습니까?"

"겸사겸사죠."

바울의 물음에 정민이 대답했다.

"호철아, 거의 다 온 것 같은데 여기 맞아?"

오현철의 말에 김호철이 창밖을 바라보았다. 창밖으로는 한적한 풍경이 보이고 있었다.

"여기 맞네요. 저기 사거리에서 우회전하면 태평 중개소 보일 거예요. 거기다 저 내려주⋯⋯."

내려 달라고 말을 하려던 김호철이 바울을 바라보았다.

원래는 김호철은 내려서 계약을 하고 일행들은 저수지에 가서 불도 피우고 물고기도 구경하게 할 생각이었다. 그런데 자신이 내리면 바울은 어쩌나 하는 생각이 드는 것이다.

그런 김호철의 모습에 마리아가 말했다.

"호철 씨 없어도 저도 있고 천만 오빠도 있어요."

마리아의 말에 박천수가 황당하다는 듯 그녀를 바라보았다.

"나는?"

"박 팀장님도 만약 싸움이 벌어지면 도움이 되겠죠. 하지만 저는 불이고 천만 오빠는 철이에요. 이빨 안 들어가요."

단순하게 말하면 바울이 펠로슈가 되도 불과 철에는 이빨을 박을 수 없다는 의미였다.

물론 펠로슈의 공격은 철을 뚫고 불을 끌 수 있을 정도로 강력하지만 말이다.

그저 마리아는 걱정하지 말고 다녀오라는 의미였다.

그런 마리아의 모습에 김호철이 바울을 보다가 고개를 끄덕였다.

"알겠습니다."

"내려."

어느새 차를 세운 오현철이 뒤를 돌아보며 하는 말에 김호철이 내렸다.

"길은 윤희 씨가 알고 있습니다."

"빨리 와. 늦게 오면 고기 다 먹어버린다."

"뭐 필요한 것 있으면 시키세요. 가는 길에 사가겠습니다."

"알았어."

박천수가 문을 닫으려 하자 김호철이 문을 잡고는 그의 귀에 작게 속삭였다.

"혹시 바울이 변할 것 같으면 인황사자를 찾으세요."

"그 귀신?"

"인황사자를 불러대면 나올 겁니다. 아니면 처녀 귀신을 찾아 인황사자를 데려오라 하세요. 제 이름을 말하면 도와줄 겁니다."

"알았어."

스르륵! 탁!

조용히 차문을 닫은 스타크레프트가 출발하는 것을 보던 김호철이 부동산 문을 열고 들어갔다.

"김 사장님, 어서 오십시오."

기다리고 있었던 듯 중개인이 활짝 웃으며 다가왔다.

"이리 오십시오. 황 사장님, 여기 땅 사기로 하신 김 사장님입니다."

중개인이 소개를 한 사람은 백발의 노신사였다.

"김호철입니다."

"젊은 분이 능력이 있으시군. 황영철이네."

웃으며 손을 내미는 황영철과 악수를 한 김호철은 빠르게 일을 진행했다. 아무래도 바울이 신경 쓰여서 빨리 하고 가야 할 것 같았다.

"그럼 빨리 거래하시죠."

김호철의 말에 중개인이 웃었다.

"한두 푼 하는 거래도 아닌데 뭘 그리 급하게……"

"제 동료들이 제가 땅을 산다고 하니까. 구경하고 싶다고 먼저 출발했습니다."

"혹시 그분들도 땅을?"

"마음에 든다면 산다고 했습니다."

"아! 그럼 저도 같이 가야겠군요."

"그렇게 하시고 계약서 주시죠."

김호철의 말에 중개인이 미리 만들어 놓은 계약서를 꺼내 놓았다.

"그럼 읽어보시고……."

중개인의 말에 김호철이 계약서를 빠르게 바라보았다. 물론 본다고 해서 계약서의 복잡한 내용을 모두 알 수는 없었다.

그저 가격과 땅 파는 사람과 사는 사람 이름이 맞나 확인 정도만을 한 김호철이 중개인을 바라보았다.

"혹시나 해서 하는 말인데…… 일이 잘못되면 저 다시 옵니다."

"잘못되다니요. 저희 부동산이 여기서만 이십 년이 된 곳입니다. 그리고 앞으로 여기서 장사를 계속 할 생각인데 설마하니 능력자를 상대로 장난을 치겠습니까."

걱정하지 말라는 중개인을 보던 김호철이 계약서에 사인을 하고는 그곳에 적혀 있는 계좌에 돈을 입금했다.

평소 같으면 이런 거액이 걸린 일을 이렇게 속전속결로 처리할 김호철이 아니지만, 김호철은 그다지 걱정이 되지 않았다.

일이 잘못된다면 이 중개인과 이 황 사장이라는 사람을 잡으면 될 일이었다. 이규대의 능력이라면 충분히 가능한 일이니 말이다.

그렇게 빠르게 일을 처리한 김호철이 자리에서 일어났다.

"김 사장님께서 바쁘신 것 같으니 등기와 같은 서류 처리는 이쪽에서 해드리겠습니다."

"그렇게 해주십시오. 그럼 저는 바빠서 이만……."

"저와 같이 가시지요."

"저는 따로 탈 것이 있습니다. 먼저 가겠습니다."

말과 함께 김호철이 바로 사무소를 나왔다. 그러고는 주위를 한 번 보고는 훌쩍 땅을 박찼다.

파앗!

힘껏 솟구친 김호철이 가고일을 소환했다.

파지직!

나타나는 것과 동시에 김호철을 안아 든 가고일이 저수지가 있는 곳으로 빠르게 날아가기 시작했다.

탓!

가볍게 땅에 내려서는 김호철의 모습에 박천수가 혀를 찼다.

"뭘 이렇게 빨리 와?"

"사인 하나 하고 오는 건데요. 별일 없었죠?"

"별일 없었어. 그리고 처녀 귀신 예쁘던데."

"처녀 귀신이 왔습니까?"

"윤희한테 언니 하면서 나타나던데."

"미친……. 윤희가 죽이려고 했을 텐데?"

"그냥 한숨 한 번 쉬고 말던데?"

박천수의 말에 안도의 한숨을 쉰 김호철이 주위를 바라보았다. 저수지 쪽에 바울이 서 있었고 마리아는 불을 피우고 있었다.

물론 불을 피운다고 해도 그저 쌓아놓은 장작에 손 한 번 스윽 하는 것으로 끝이었지만 말이다.

그리고 그 옆에서 오현철이 돌을 가져다 쌓고 있었다. 그런데 고윤희와 박천만이 보이지 않았다.

그리고 혜원이도…….

"혜원이는?"

"처녀 귀신이 여기 밤이랑 다래, 산 고구마 같은 게 많다고 해서 윤희가 천만이하고 같이 그거 따러 갔어."

"헐…….."

귀신이 먹을 것 준다고 따라가다니…….

'모르는 사람 따라가지 말라는 이야기를 들어본 적이 없나. 하물며 귀신을…….'

처녀 귀신을 따라간 사람들이 김호철은 걱정이 되었다.

한을 풀겠다고 다시 고윤희나 혜원이에게 달라붙어 박천만에게 자자고 할까 걱정이 된 것이다.

그런 김호철의 시선에 박천수가 웃으며 말했다.

"윤희하고 천만이가 같이 갔는데 무슨 걱정이야."

박천수의 말에 아무 일 없기를 바라며 김호철이 주위를 보다가 물었다.

"정민이가 안 보이네요?"

"주변 좀 둘러본다고 갔어."

"혼자서요?"

"걱정하지 마. 정민이도 잡귀한테 당할 놈은 아니니까."

그러고는 박천수가 바울을 힐끗 바라보았다.

"가서 바울하고 이야기나 좀 해. 괜히 시비 걸지 말고 친절하게."

박천수의 말에 김호철이 바울을 한 번 보고는 걸음을 옮겼다.

김호철의 인기척을 느낀 바울이 그를 돌아보았다.

"좋은 곳이군요."

기분이 좋아 보이는 바울의 모습에 김호철이 그를 보다가 말했다.

"뱀파이어라서 이곳 기운이 몸에 맞나 보군요."

김호철의 말에 바울이 웃었다.

"사실…… 그렇습니다. 이곳…….."

잠시 뭔가를 생각하던 바울이 고개를 끄덕였다.

"동양에서는 혈이라고 부르는 자리인 것 같군요. 그것도 언데드에게 기분 좋고 활력을 주는…….."

웃으며 주위를 보던 바울이 힐끗 저수지를 보며 말했다.

"그런데 이곳 정말 사실 생각입니까?"

"이미 샀습니다."

김호철의 말에 바울이 대단하다는 듯 그를 바라보았다.

"이곳 혈 자리의 기운을 따라 언데드…… 귀신이라고 하지요. 어쨌든 귀신들이 쉬지 않고 몰려들 터인데 귀찮지 않겠습니까? 게다가…….."

바울이 저수지 한쪽을 바라보았다.

"대단한 귀신도 있는 것 같은데."

바울이 저수지 한곳을 보는 것에 김호철도 그 시선을 따라 그곳을 보았다.

하지만 김호철의 눈에는 아무것도 보이지 않았다. 데스 나이트의 갑옷을 입지 않은 상태에서는 귀신이 앞에 있어도 보이지 않는 것이다.

하지만 대단한 귀신이라는 말에 누가 와 있는지 짐작을 할수 있었다.

"혹시 인황사자 님 오셨습니까?"

김호철의 말에 저수지 위에서 인황사자가 모습을 드러냈다.

"왔다고 해서 와봤는데…… 뱀파이어네?"

인황사자가 물 위를 미끄러지듯이 움직이며 다가오는 것에 김호철이 고개를 끄덕였다.

"알아보시는군요."

"뭐…… 종류는 달라도 같은 귀신이라고 할 수 있으니까. 그런데…… 특이하네. 뱀파이어가…… ."

잠시 바울을 보던 인황사자가 말을 이었다.

"가톨릭?"

인황사자의 중얼거림에 바울이 성호를 그었다.

"바울 신부입니다."

바울의 말에 인황사자가 의아한 듯 그를 바라보았다.

"신부?"

인황사자의 중얼거림에 김호철이 고개를 끄덕였다.

"가톨릭 정식 사제랍니다."

"헐!"

황당하다는 듯 바울을 보던 인황사자가 말했다.

"내가 죽은 지 너무 오래된 건가? 뱀파이어가 가톨릭 정식 사제라니?"

"그리스도께서는 죄인을 미워하지 않으십니다."

"뱀파이어가 된 게 죄인가? 너 문 놈이 죄지. 된 게 무슨 죄야."

고개를 저은 인황사자가 바울을 보다가 손을 내밀었다.

"어쨌든 봐서 반갑네. 나도 뱀파이어는 처음이거든."

"바울 신부입니다."

"나는…… 이름이 기억 안 나. 그냥 저수지라고 해."

이름이 기억 안 난다는 말에 김호철이 인황사자, 아니, 저수지를 바라보았다.

"이름이 기억 안 나십니까?"

"응."

"왜?"

"나도 잘은 모르는데 귀신이 되면 살아 있을 때 기억들이 띄엄띄엄이야."

"그럼 저수지는?"

"저수지가 좋아서 그냥 저수지라고 이름 달았어. 귀신들도 누가 누군지 이름 정도는 알아야 하니까."

"그 이치로는 자신의 이름을 기억하던데."

"귀신마다 차이가 있어. 생전 기억 다 가지고 있는 놈도 있고 나처럼 기억 못 하는 놈도 있고."

싱긋 웃는 저수지였지만 김호철은 얼굴이 굳어졌다. 귀신들이 살 곳을 사기 위해서는 돈이 필요하고 그 돈을 귀신들에게 받아내려고 했다.

그런데 기억을 못 한다면…… 그들의 재산도 기억 못 할 확률이 컸다.

'내 돈으로 사야 한다는 건가?'

그런 생각이 든 것이다. 하지만…….

'내 돈으로 왜 사.'

그런 생각을 한 김호철이 저수지를 향해 말했다.

"저 여기 땅 샀습니다."

"이야, 잘했네. 역시 여기 경치가 좋지."

웃으며 잘했다 말하는 저수지를 보며 김호철이 말했다.

"한 가지 문제가 있습니다."

"문제? 뭘?"

의아해하는 저수지를 보며 김호철이 말했다.

"전에 보니 귀신들이 커다란 나무 밑에 모여 살고 있더군요."

"아! 할아버지 나무 말하는 거군."

"혹시 그것도 귀신입니까?"

"귀신 아냐. 그냥 우리 귀신들 비 맞지 말라고 자리를 마련해 주신 분일 뿐."

존경심이 깃들어 있는 저수지의 말에 김호철이 고개를 끄덕였다.

"어쨌든 그 나무 주위가 귀신들이 사는 곳이 맞지요?"

"그건 그렇지."

"그 땅을 사서 귀신들이 편히 쉴 곳을 마련해 드리겠습니다."

"호오!"

감탄성을 뱉은 저수지가 김호철을 보다가 말했다.

"하지만 집이 아무리 좋아도 갇혀 사는 건 그리 좋아하지 않는데?"

자신의 생각을 정확하게 읽은 저수지를 보던 김호철이 눈을 찡그렸다.

"나무와 그 주변 땅을 모두 사면 갇혀 산다는 생각은 들지 않을 겁니다."

"내가 가고 싶은 곳에 가지 못하면 그게 갇혀 사는 거지. 갇혀 사는 것이 별다른가. 그리고 우리가 거기 살면 사람들이 그쪽으로 안 올 것 아냐?"

"사람들이 귀찮게 안 하니 좋은 일 아닙니까?"

"에이……. 사실 귀신들이 사람 귀찮게 하는 거지 사람이 귀신을 귀찮게 하나? 보이지도 않는데. 그리고 우리 사람 구경하는 거 좋아해. 살아 있을 때 기분 느끼게 해주거든."

저수지의 말에 김호철이 입맛을 다셨다.

"그럼 여전히 돌아다니시겠다는?"

"근데 너는 별 상관없잖아. 우리 귀신 보고 놀랄 것도 아니고……. 게다가 전에 네가 데스 나이트하고 날 뛴 것도 있어서 귀신들이 너 무서워해. 그래서 너를 모르는 신입 귀신 아니면 여기는 가까이 오지도 않을 거야. 그럼 된 것 아닌가?"

저수지가 웃으며 김호철을 바라보았다.

"그나저나 이웃사촌이 됐으니 앞으로 잘 지내보자고."

잘 지내보자는 말에 김호철은 눈을 찡그릴 수밖에 없었다. 자신에게 귀신이 위해가 되지 않겠지만 귀신들이 옆에 사는 것은 신경이 쓰이는 문제다. 그래서 귀신들이 살 곳을 만들어주고 그들이 나오지 않게 하려 한 것이다.

그리고 여기 땅값도 좀 올려 투자도 좀 하고 말이다. 그런데 저수지 말대로라면 땅값은커녕 귀신들하고 이웃사촌하고 살 판이었다.

"아저씨!"

김호철이 저수지를 보고 있을 때 정민이 뛰어왔다. 그리고는 저수지에게 고개를 숙였다.

"저는 정민이에요. 아저씨가 여기 대장 인황사자 님이군요."

"대장? 하하하! 재밌는 아이구나. 이거 지갑이라도 있으면 용돈이라도 줄 텐데 아쉽구나."

"괜찮아요. 돈이라면 저도 많아요."

웃으며 저수지를 보던 정민이 입을 열었다.

"호철 형하고 아저씨 이야기 들었어요."

"호오! 멀리서 온 것 같은데 이야기가 다 들리던?"

"멀리서 하는 이야기를 들을 수 있는 스킬이 있거든요. 어쨌든…… 아저씨, 저와 거래하시죠."

"거래?"

"저희 입장에서는 아저씨나 다른 귀신들이 이 지역에 돌아다니면 좀 불편해요."

"그건 너희 사정이고. 우리도 우리 사정이라는 것이 있지 않겠니."

"그래서 제가 아저씨 사정과 우리 사정에 다 좋은 생각이 있어요."

"그래? 그게 뭐냐?"

"아저씨 사는 곳도 경치가 좋겠죠?"

"그야 물론이지. 이 근처는 어디를 가도 다 그림과 같은 곳이니까. 참 좋은 곳이야. 사실 말이 나와서 하는 말이지만 여기에 우리 귀신들이 모여 사니 이런 경치가 유지가 된 것이지 아니었으면 개발이 다 돼서 삭막해졌을 거야."

이 경치가 다 자기들 귀신 덕이다 말하는 저수지에게 정민이 말했다.

"제가 가서 좀 봐도 될까요?"

"네가?"

"네."

"귀신 사는 곳을 왜?"

"호기심도 있고 좋은 사업 아이템이 생각이 나서요."

"사업 아이템?"

"그렇다고 귀신들 등골 뽑아서 뭘 하겠다는 것은 아니니 걱정하지 마세요. 아저씨들도 좋고 저도 좋은, 아주 괜찮은 사업 아이템이니까요."

정민의 말에 잠시 그를 보던 저수지가 김호철을 바라보았다.

"뭐라고 안 하나?"

저수지의 말에 김호철도 의아한 눈으로 정민을 바라보았다. 그에 정민이 작게 눈을 찡긋하고는 저수지에게 다가갔다.

"가죠."

"진짜?"

"그럼요. 멀면 어떻게 저 좀 업어주실래요?"

대뜸 업어 달라는 정민을 보던 저수지가 고개를 갸웃거리고는 그를 업었다. 정민이 무슨 생각을 하는 건지 저수지도 호기심이 생긴 것이다.

정민을 업은 저수지가 강물을 미끄러지듯이 나아가더니 곧 사라졌다.

그 모습을 가만히 보던 바울이 웃었다.

"정민 형제의 생각을 도통 알 수가 없군요."

바울의 말에 김호철이 고개를 끄덕였다. 그도 정민이 무슨 생각을 하는지 알 수가 없는 것이다.

그런 김호철을 보던 바울이 입을 열었다.

"저한테 할 말이 있으면 하십시오."

"할 말?"

"저를 좋아하지 않는 형제께서 이리 제 옆에 있는 것은 뭔가 할 말이 있어서가 아닙니까? 아마…… 은정 자매와 관련된 일인 것 같은데."

바울의 말에 그를 보던 김호철이 고개를 끄덕였다.

"정민이가 그러는데 바울 신부…… 님께서 은정이의 정신 금제를 풀 능력이 될 것이라 했습니다."

"정신 금제라……."

잠시 말이 없던 바울이 고개를 끄덕였다.

"저희 뱀파이어 일족은 기본적으로 인간의 정신을 조종할 수 있는 정신 능력을 가지고 있습니다. 그래서 어느 정도는 정신 금제를 걸고 풀 수 있는 힘이 있습니다."

"그 말은…… 저희를 도울 수 있다는 것입니까?"

"은정 씨 정신에 들어가 보지 않고서는 뭐라 말을 할 수 없지만…… 가능성은 있습니다. 그리고 제 힘으로 되지 않는다 해도 마리아 님과 김호철 씨가 도와준다면 못 풀 것도 없겠지요."

그러고는 바울이 김호철을 바라보았다.

"아마 정민 형제가 저를 사무소에 지내게 한 이유도 은정 자매를 돕게 하기 위해서인 것 같군요."

바울의 말에 김호철의 얼굴이 굳어졌다.

"그것을…… 알고 있었습니까?"

김호철의 물음에 바울이 미소를 지었다.

"세월을 지내다 보면 지혜라는 것을 얻게 되지요. 그리고 저는 그 세월과 인간들의 삶을 오래 겪었습니다. 세상 모든 일을 안다 할 수는 없지만, 인간의 생각 정도는 어느 정도 짐작할 수 있습니다. 아무것도 얻을 것이 없다면 저를 사무소에 머물게 하지 않았겠지요. 그리고 김호철 씨의 강함을 생각한다면 아무리 신의 교단이라고 해도 한국 땅에서는 그다지 위협이 되지 않을 것 같군요."

잠시 말을 멈춘 바울이 말을 이었다.

"은정 자매가 오면 한번 보도록 하지요."

바울의 말에 김호철의 얼굴에 미소가 어렸다.

'혜원아⋯⋯.'

혜원의 정신 금제를 풀 수 있다는 생각에 미소를 짓던 김호철이 산을 바라보았다.

'대체 이 처녀 귀신은 어디까지 데리고 간 거야?'

5장
혜원, 굴레가 풀리다

화르륵! 화르륵!

붉은 불꽃이 피어오르는 장작 위에 돼지고기가 지글지글 좋은 소리를 내며 익어가고 있었다.

"크악! 맛 죽인다."

불판 위에서 고기를 집어 먹은 박천수가 기분 좋은 감탄성을 토하고는 옆에 놓인 이름 모를 풀들을 집어 들었다.

"근데 귀신아, 이거 먹어도 되는 것 맞냐?"

옆에서 고기를 굽고 있던 처녀 귀신이 박천수의 말에 고개를 끄덕였다.

"동네 할머니들이 이거 따서 밥 싸 먹는 거 봤어요."

"그래?"

처녀 귀신의 말에 박천수가 조금은 의심스러운 눈으로 풀들을 보다가 거기에 고기를 싸서 입에 넣었다.

"크악! 이것도 맛 죽인다."

고소한 돼지고기와 함께 조금은 쓴 풀 맛이 섞이자 그것도 일품이었다.

"맛있죠?"

"귀신도 쓸 데가 다 있네."

웃으며 산에서 고윤희와 박천만 일행이 뜯어 온 풀에 고기를 싸 먹던 박천수가 처녀 귀신을 바라보았다.

"그런데 너 한 풀겠다고 호철이한테 자자고 했다면서?"

"네."

"어떻게, 내가 한 풀어줘?"

박천수의 말에 고기를 먹던 김호철이 놀라 그를 바라보았다.

"박 팀장님?"

김호철의 말에 박천수가 웃으며 처녀 귀신을 바라보았다.

"애도 얼마나 한을 풀고 싶었으면 너한테 자자고 했겠냐. 내가 진정한 사내의 힘으로 네 한을 풀어주마."

박천수의 말에 처녀 귀신이 눈을 찡그렸다.

"변태."

"변, 변태?"

"저도 보는 눈이 있어요. 어디 그 얼굴로 저 같은 처녀 귀신을 건들려고 해요. 죽고 죽어 또 죽어도 싫어요."

처녀 귀신의 말에 박천수가 황당하다는 듯 그녀를 보았다.

"야, 너 한 풀어주려고 이 한 몸 희생……."

"아저씨 주제에."

"이게……."

박천수가 벌떡 일어나려 하자 옆에서 고기를 먹던 고윤희가 한숨을 쉬며 말했다.

"오빠, 그냥 고기나 먹어요. 무슨 여자에 환장한 것도 아니고 이제는 하다하다 처녀 귀신한테까지 들이대요, 들이대기를."

"아니, 나는 불쌍해서 한 번 주려고 했지."

"주기는 뭘 줘요. 더러운 이야기 계속할 거예요?"

"더럽기는 뭐가……."

라는 말을 하던 박천수는 고윤희의 날카로운 시선에 조용히 고개를 숙였다.

"고기가 맛있네."

조용히 고기를 먹기 시작하는 박천수를 보던 김호철이 처녀 귀신을 바라보았다.

"근데 넌 안 가냐?"

"고기 좀 구워주고 갈 거예요."

말을 하면서 처녀 귀신은 힐끗힐끗 한쪽에 앉아 있는 박천만을 보고 있었다.

그 시선에 김호철은 처녀 귀신의 속내를 알았다.

'천만 형을 노리는 거군.'

사실 얼굴만 본다면 박천만은 잘생겼다. 게다가 가까이 접근하기 어려운 냉막한 얼굴과 분위기가 어쩐지 매력도 있고 말이다.

'이거 다행이라고 해야 하나?'

자신에게 달라붙지 않는 것을 다행이라 생각한 김호철이 고개를 돌렸다.

저수지에 바울이 앉아 기도를 하고 있었다. 산에서 내려온 혜원을 살핀 바울은 치료할 수 있을 것 같다는 말을 했다. 그러고는 성력을 모으겠다며 저렇게 기도를 하고 있는 것이다.

"바울은 몇 살이나 될까요?"

김호철의 중얼거림에 박천수가 힐끗 바울을 바라보았다.

"모르지."

박천수의 말에 옆에 있던 오현철이 중얼거렸다.

"그런데 기도 언제 끝나는 거야? 벌써 한 시간 지나지 않았나?"

"한 시간하고 이십 분입니다."

"오래 걸리네."

"최적의 상태로 혜원이를 치료하면 좋은 것이니 오래 걸려도 상관없습니다."

"하긴 어설픈 상태에서 하는 것보다는 낫겠지. 그런데 정민이도 늦네. 고기라면 환장을 하는…… 호랑이네, 호랑이야."

박천수의 말에 김호철이 고개를 돌려 보니 저수지에서 정민이 웃으며 빠르게 달려오고 있었다.

"저 빼고 다 먹은 것 아니죠?"

웃으며 뛰어온 정민이 바로 자리를 잡고는 고기를 집어 들었다.

"역시 소풍 와서 먹는 고기가 최고예요!"

우적우적!

입에 고기를 쑤셔 넣는 정민을 보며 김호철이 물었다.

"무슨 이야기를 그리 오래 나눠?"

"사업 이야기 한 거죠."

"무슨 사업?"

"귀신들이 사는 땅 제가 사기로 했어요."

"네가?"

김호철이 놀라 바라보자 정민이 고개를 끄덕였다.

"무슨 사업을 하려고?"

김호철의 물음에 사람들도 정민을 바라보았다. 그들도 귀신과 하겠다는 사업이 뭔가 궁금한 것이다.

사람들의 시선에 먹던 고기를 삼킨 정민이 콜라를 한 잔 따라 마시고는 말했다.

"지금 세상 사람들에게 가까운 것 중 하나가 몬스터예요. 어디서 게이트가 열렸다더라, 거기서 어떤 몬스터가 나왔다더라 하는 이야기요. 저희 학교 애들만 해도 몬스터 카드 가지고 게임하니까요. 하지만……."

잠시 말을 멈춘 정민이 미소를 지었다.

"사람들에게 가장 먼 것도 바로 몬스터예요. 눈앞에 몬스터가 있다는 것은 바로 죽음을 뜻하니까요. 일상에서 가장 흔하게 접하는 것이 몬스터 콘텐츠, 하지만 실제로 접할 수는 없는 것……."

정민의 말에 김호철이 놀란 눈으로 그를 바라보았다.

"너 설마? 귀신들을?"

김호철의 말에 정민이 웃으며 그를 바라보았다.

"역시 형은 제 생각을 이해하는군요. 맞아요. 저는 여기에 놀이공원의 귀신의 집을 만들 생각이에요. 다른 점은 놀이공원에 있는 귀신의 집에는 가짜 귀신이 있지만 이곳은 진짜 귀신이 있다는 거죠."

정민이 웃으며 고기를 집었다.

"대박이 날 거예요."

웃으며 고기를 씹는 정민을 보며 김호철이 급히 말했다.

"위험한 거 아냐?"

"뭐가요?"

"귀신이 사람을 공격할 수도 있어."

"그건 저수지 님과 이야기 끝냈어요. 사람을 해치지 않고 구경만 하겠다고요."

"인간이 귀신을 도발하면?"

"인간이?"

의아해하는 정민을 보며 김호철이 말했다.

"동물원 동물은 신기하기는 해도 무섭지 않지. 나를 해치지 못하는 것을 아니까. 그래서 겁도 없이 호랑이를 놀리고 사자한테 먹을 것 가지고 장난을 치지. 물론 일부 몰상식한 놈 이야기지만…… 귀신의 집에 그런 놈들이 오면 어떻게 할래?"

김호철의 말에 정민이 고개를 끄덕였다.

"귀신이 사람을 해칠 것만 생각을 했지 그 생각은 미처 하지 못했네요."

"그리고 귀신들이 순순히 사람들 구경거리가 되려고 하겠어?"

"그건 관점의 차이죠."

스윽!

정민이 손바닥을 들어 김호철을 향해 내밀었다.

"뭐가 보여요?"

"손바닥?"

"그래요? 저는 손등이 보이는데?"

"그거야 그쪽에서는…… 아!"

정민이 하고자 하는 말이 뭔지 안 김호철이 그를 바라보았다.

"사람들은 자신이 귀신들을 구경한다 생각을 하겠지만…… 귀신들은 자신이 사람들을 구경한다고 생각한다 이거냐?"

김호철의 말에 고개를 끄덕인 정민이 말했다.

"구경하고 싶은 인간들 실컷 구경하게 해준다고 했어요. 귀신의 집에는 귀신 호텔이라고 해서 숙박업도 할 생각이에요."

웃으며 말을 하던 정민이 고기를 싼 쌈을 보며 말했다.

"하지만…… 호철 형 말도 일리가 있어요. 귀신이 사람을 안 건드려도 사람이 겁대가리 없이 귀신을 놀리거나 병신 짓을 해버리면 귀신도 참지 않겠죠."

"그래, 그러니까 그만……."

"문제가 있으면 고치면 돼요. 그리고 이 사업은 그쪽 귀신들과 이야기도 끝났어요. 잘못된 거래라도 거래는 거래……. 사업가가 이 정도 문제로 사업을 접을 수는 없죠."

싱긋 웃은 정민이 고기를 집어 먹으며 말했다.

"어쨌든 모두들 여기 땅 되는 대로 사세요. 일 년쯤 지나면 열 배는 오를 거예요."

웃으며 고기를 먹은 정민이 자신이 생각한 귀신의 집에 대해 이야기할 때 기도를 마친 바울이 다가왔다.

그 모습에 김호철이 벌떡 일어났다.

"준비 다 되셨습니까?"

김호철의 말에 바울이 고개를 끄덕였다.

"시작하겠습니다."

바울의 말에 마리아가 일어났다.

"위험하지는 않겠죠?"

"정신을 다루는 일입니다. 위험하지 않도록 최선을 다해 조심을 하겠지만…… 백 프로 장담은 할 수 없는 일입니다."

바울의 답에 마리아가 걱정스러운 눈으로 혜원을 바라보았다. 그러고는 바울을 향해 말했다.

"제가 은정이 마나를 보호할 테니 바울 신부께서 금제를 하는 마나를 뽑아내거나 부술 수는 없나요?"

"좋은 생각입니다. 하지만 먼저 제가 해보고 안 되면 그 방법을 쓰시지요. 약도 많이 쓰면 안 좋은 것처럼 은정 자매의 몸 안에 저와 마리아 자매님의 마나가 동시에 들어가면 무리가 올 수 있습니다."

마리아에게 설명을 한 바울이 혜원에게 다가갔다. 그러고

는 혜원의 앞에 앉더니 그녀의 얼굴을 손으로 잡았다. 잠시
눈을 감았던 바울이 눈을 떴다.

"아멘."

화아악!

바울의 눈에서 뿜어진 금광이 혜원의 눈으로 스며들었다.

김호철은 걱정스러운 눈으로 혜원과 바울을 바라보고 있
었다. 그러고는 슬쩍 핸드폰을 꺼내 시간을 확인했다.

'벌써 한 시간이나 지났는데…… 잘되고 있는 건가?'

걱정스런 얼굴로 바울과 혜원을 바라보고 있을 때 펜션으
로 차 한 대가 다가왔다. 그에 김호철이 눈을 찡그리며 차를
향해 가려 하자 박천수가 살짝 속삭였다.

"여기 있어."

그러고는 박천수가 다가오는 차를 향해 조심스럽게 손을
들며 조용히 걸어갔다. 혹시라도 바울의 신경을 건드려서 좋
을 것이 없다. 그 모습을 보던 김호철이 다시 혜원을 걱정 어
린 눈으로 바라보았다.

'혜원아…… 제발 이겨내.'

김호철이 속으로 혜원이가 낫기를 기다릴 때, 순간 바울의
몸이 뒤로 밀려났다.

쫘아악!

앉은 채 뒤로 밀려나던 바울이 몸을 뒤로 굴리며 일어났다.

탓! 타탓!

그러고서도 뒤로 두 발을 더 밀려나서야 멈춘 바울이 한숨을 쉬었다.

"휴!"

그 모습에 놀란 김호철이 바울을 바라보았다.

"무슨 일이?"

"이거…… 조금 민망하군요."

바울의 말에 김호철이 그게 무슨 말인가 싶어 그를 볼 때 그의 귀에 목소리가 들려왔다.

"오빠."

오빠라는 소리에 김호철이 굳은 듯 잠시 있었다. 지금 이 자리에서 자신에게 오빠라고 부를 사람은 처녀 귀신과 한 사람밖에 없다.

그리고 이 목소리는 처녀 귀신의 것이 아니었다. 그에 천천히 고개를 돌린 김호철은 자신을 올려다보고 있는 혜원이의 투명하고 맑은 눈빛을 볼 수 있었다.

"혜…… 혜원아."

김호철의 부름에 혜원이 미소를 지었다.

"오빠, 오랜만이야."

혜원의 눈동자에 투명한 눈물이 맺히는 것을 본 김호철이 천천히 손을 내밀어 그녀의 눈가를 만졌다.

주루룩! 주루룩!

자신의 손을 타고 흘러내리는 혜원이의 눈물을 느끼며 김호철이 그녀를 천천히 안았다.

"오빠가…… 미안해."

"뭐가 미안해?"

"오빠가 너무 늦게 너를 찾았어."

김호철의 말에 혜원이 그의 몸을 슬쩍 밀며 얼굴을 바라보았다.

"바보."

"그래……. 오빠가 바보라서 일찍…… 갔어야 했는데."

"말을 할 수는 없었지만 그동안 오빠가 하던 행동, 목소리 모두 기억이 나. 오빠가 나를 찾기 위해 얼마나 노력했는지 알아. 그래서…… 너무 고맙고 미안했어. 나는…… 아무것도 못 했는데."

"그동안에 있었던 일 모두 기억이 나?"

"1번의 금제에 걸리기는 했지만 보는 것, 듣는 것이 금제된 것은 아니니까."

웃으며 김호철을 보던 혜원이 그 얼굴을 쓰다듬었다.

"오빠 봐서 좋다."

자신의 얼굴을 쓰다듬는 혜원의 손길에 김호철의 눈가가

뿌옇게 흐려졌다.

주루룩!

눈가에 맺힌 눈물이 흘러내리고 나서야 혜원이의 얼굴이 잘 보이는 것에 김호철이 눈가를 훔쳤다.

그런 김호철을 눈가를 닦은 혜원이 미소를 지었다.

"이제 떨어지지 말자."

"그래, 떨어지지 말자."

혜원을 보며 미소를 짓던 김호철이 그녀의 머리를 한 번 쓰다듬어 주고는 바울을 향해 고개를 돌렸다.

"제 동생 치료해 주셔서 정말…… 감사합니다. 감사합니다."

지금 김호철 머릿속에는 혜원에 대한 것을 바울에게 감춰야 한다는 것은 없었다. 그저 혜원이를 치료해 준 바울이 고맙고 또 고마울 뿐이었다.

그런 김호철의 행동에 바울이 어색하게 혜원을 바라보았다.

그리고…….

스윽!

몸을 일으킨 혜원이 바울을 노려보았다.

"잘 구경하셨나요?"

혜원의 냉정하고 조금은 분노가 담긴 목소리에 김호철이 놀라 그녀를 바라보았다.

"혜원아, 왜 그래?"

김호철의 말에도 혜원은 차가운 시선으로 바울을 노려볼 뿐이었다.

혜원의 차가운 표정과 시선에 김호철의 얼굴도 굳어졌다.

"혜원아, 저 자식이 너한테 무슨 짓을 했어?"

김호철의 물음에 혜원이 바울을 보며 입을 열었다.

"잘 구경하셨냐구요."

자신의 물음에 대한 답이 아닌 바울에 대한 물음을 던지는 혜원을 보며 김호철이 바울을 노려보았다.

자신의 동생을 화나게 한 바울에게 화가 났다. 자신의 예쁜 여동생의 얼굴을 이렇게 굳게 만든 바울에게 화가 났다.

"무슨 짓을 한 거지?"

김호철의 물음에 바울이 어색하게 웃으며 입을 열었다.

"보이는 것을 봤을 뿐입니다."

"보이는 것? 설마, 혜원이 머릿속을 들여다본 것인가?"

"이제는 은정 자매라 부르지 않는군요."

바울의 말에 김호철은 아차 싶었다. 하지만 그것도 잠시…….

"더 이상 감출 필요가 없겠지. 그래, 여기는 내 동생 김혜원이다. 그리고 내 동생에게 이상한 짓을 하면……."

화아악!

김호철의 몸에서 검은 기운이 뿜어지더니 곧 데스 나이트로 변했다.

"죽인다."

데스 나이트 갑옷까지 걸치고 선 김호철의 모습에 바울이 성호를 그으며 고개를 숙였다.

"혜원 양에게 해를 끼칠 생각은 없습니다. 그리고 혜원 양…… 사과드리겠습니다."

바울의 사과에 그를 보던 혜원이 입을 열었다.

"제 금제를 풀어준 것으로 이번에는 넘어가겠어요. 하지만……."

화아악!

혜원의 눈에서 희미한 빛이 흘러나왔다. 그리고 바울의 얼굴이 굳어졌다.

'크윽! 이 고통은…….'

혜원이 자신을 보는 순간 엄청난 고통이 덮쳐 온 것이다.

휘이익!

저수지에서 불어온 바람 한 줄기가 몸에 스치는 순간 바울은 기절을 할 것 같았다. 바람 한 줄기에 엄청난 고통을 느낀 것이다. 마치 통풍에 걸린 환자처럼 말이다.

하지만 기절을 할 수는 없었다. 기절을 하는 순간 펠로슈가 튀어나올 것이니 말이다.

지독한 고통에 바들바들 떨어대는 바울을 보던 혜원이 눈을 감았다.

화아악!

그러자 방금까지 죽을 것처럼 바울을 괴롭히던 고통이 사라졌다.

"크윽!"

지독한 고통에서 해방이 된 바울이 한쪽 무릎을 꿇었다.

"하아! 하아!"

거친 숨을 토해내는 바울을 보던 혜원이 입을 열었다.

"다시는…… 이러지 마세요."

혜원의 목소리는 어느새 풀려 있었다. 그런 혜원의 모습에 김호철이 그녀를 바라보았다.

"혜원아, 괜찮아? 오빠가 혼내줄까?"

"혼은 이미 저한테 많이 났어요."

혜원의 말에 김호철이 바울을 보다가 데스 나이트를 해체했다.

화아악!

갑옷을 해체한 김호철이 바울을 보다가 혜원의 옆에 앉았다.

"배고프지? 조금만 기다려."

말과 함께 김호철이 서둘러 불판을 불 위에 올려놓았다.

고기를 구울 준비를 하는 김호철을 보던 고윤희가 혜원을 향해 다가왔다.

"보고 들을 수 있었으면 나 기억하겠네?"

고윤희의 말에 혜원이 미소를 지었다.

"그동안 저를 보살펴 주셔서 너무 감사해요. 특히…… 오빠가 저를 목욕시킨다고 했을 때 막아주셔서 너무 고마웠어요."

혜원의 말에 김호철이 그녀를 바라보았다.

"그것도 기억이 나?"

"흥! 그때 얼마나 식겁했는지 알아요? 오빠가 진짜 나를 목욕시켰으면 전 혀 깨물고 죽어버렸을 거예요."

"어렸을 때 내가 목욕도 시켰는데……."

"그건 어릴 때죠!"

버럭 고함을 지른 혜원의 모습에 김호철이 미소를 지었다. 오랜 시간을 떨어져 있었는데도 혜원은 마치 어제 헤어졌던 것처럼 거리낌이 없었던 것이다.

그리고 김호철은 그것이 너무 기분이 좋았다. 그에 김호철이 웃으며 고기를 굽기 시작했다. 지금 김호철에게 중요한 것은 자신의 동생에게 맛있게 고기를 구워주는 것이었다.

"그런데 혜원이 엄청 세네."

"네?"

고윤희가 콜라를 내밀며 말했다.

"바울 신부 엄청 세다고 하던데 그런 놈을 한 방에 다운시켰잖아."

고윤희의 말에 혜원이 바울을 바라보았다. 바울은 눈을 감은 채 기도를 하고 있었다.

그런 바울을 보던 혜원이 고개를 저었다.

"바울은 제 능력을 막을 수 있었어요."

"그럼 일부러 당했다는 말이야?"

"아마 내 정신을 훔쳐본 것에 대한 사과의 표시겠죠."

"사과를 하겠다고 일부러 능력에 당했다는 말이야?"

"그런 것 같아요. 그렇지 않았다면 제 능력에 저항했을 거예요."

"그렇구나."

고개를 끄덕이던 혜원이 물었다.

"그런데 엄청 괴로워하던데 능력이 뭔지 물어도 돼? 그냥 궁금해서 물어보는 거니까. 말하기 어려우면 안 해도 돼."

어떠한 능력이기에 바울과 같은 능력자가 저렇게 고통스러워했나 궁금한 것이다.

게다가 바울은 뱀파이어이기도 하지 않는가.

그에 호기심이 어린 눈으로 바라보는 고윤희를 보던 혜원이 한숨을 쉬며 입을 열었다.

"고통이에요."

"고통?"

"제 능력은 고통…… 이에요."

"고통을 주는 거야?"

"네, 그것도…… 지독한 고통."

자신의 능력이 마음에 들지 않는 듯 혜원의 얼굴은 굳어 있었다.

그 모습에 마리아가 화제를 바꿨다.

"김호철 씨가 그동안 언니 많이 찾았는데 이제 서로 만나서 너무 좋네요."

마리아의 말에 혜원이 고개를 끄덕이고는 그녀를 바라보았다.

"오빠가 신세를 많이 지고 있습니다. 앞으로도 잘 부탁드릴게요."

마리아가 여기 사무소 소장인 것을 아는 혜원이 인사를 하는 것이다.

"제가 호철 씨한테 도움을 받는 거죠. 그리고 편하게 말하세요. 제가 언니보다 어려요."

여자들끼리 이야기하는 것을 들으며 고기를 굽던 김호철이 슬쩍 혜원이를 바라보았다.

'고통…….'

사람에게 고통을 주는 것이 혜원의 능력이라는 말에 김호철은 조금 충격을 받았다.

'착한 혜원이한테 왜 그런 능력이……'

혜원가 자신의 능력에 대해 말을 할 때 굳는 것을 보니 능력을 사용하는 것이 싫은 모양이었다.

'앞으로는 능력을 안 쓰도록 해야겠다.'

그런 생각을 하며 김호철이 혜원이 앞에 고기를 놓았다.

"혜원아, 고기 먹어. 아주 맛있게 잘 구워졌다."

혜원이 고기를 천천히 먹는 것을 김호철이 흐뭇한 얼굴로 바라보았다.

'많이 먹어.'

속으로 혜원을 보며 중얼거린 김호철이 다시 고기를 굽기 시작했다.

그렇게 혜원이 먹일 고기를 한참을 굽던 김호철에게 정민이 슬쩍 다가왔다.

"형, 고기 그만 굽고 잠시 이야기 좀 해요."

"나중에 하자. 혜원이 고기 먹여야 돼."

김호철의 말에 정민이 불판에 놓여 있는 고기를 바라보았다.

"형, 여기 고기 다 먹으면 혜원 누나 돼지 돼요."

정민의 말에 김호철이 고기를 바라보았다. 불판 한쪽에는 잘 익은 고기가 하나 가득 쌓여 있었다.

"오빠, 가서 이야기하고 와."

"그래도……."

"괜찮으니까 갔다 와. 우리 이야기는 나중에 따로 하자."

혜원의 말에 그녀를 보던 김호철이 고개를 끄덕이고는 정민을 따라갔다.

"무슨 일인데 그래?"

"형이 부동산 아저씨 오라고 했다면서요."

정민의 말에 김호철이 보니 차를 타고 온 사람이 공인중개사였다.

공인중개사는 자동차에 지도를 펼쳐 놓고 박천수와 오현철 등과 이야기를 나누고 있었다.

"펜션을 지을 자리로는 여기가 가장 좋지요. 이미 펜션 건물도 올라가 있고 청소 좀 하고 리모델링만 하면 두 달이면 재개장을 할 수 있을 겁니다."

"여기는 호철이가 샀는데 어렵지."

오현철이 펜션 자리를 알아보는 것을 안 김호철이 말했다.

"현철 형이 펜션 할 거라면 여기 건물 쓰셔도 됩니다. 여기 땅도 넓은데 굳이 펜션 자리가 아니더라도 되니까요."

"정말?"

"저기 펜션 왼쪽에 땅이 좀 되니까 거기다 집을 지어도 되죠."

"흠……."

김호철의 말에 오현철이 주위를 잠시 보다가 고개를 끄덕였다.

"그건 차근차근 이야기해 보자고."

"그러세요."

그러고는 김호철이 공인중개사를 바라보았다.

"저희가 땅을 좀 많이 살 것 같습니다."

김호철의 말에 공인중개사가 환하게 웃으며 고개를 끄덕였다.

"그럼 저야 감사할 뿐이지요. 그럼…… 여기 귀신 문제는 해결이 된 것입니까?"

"제가 생각한 대로의 해결은 아니지만…… 귀신 때문에 문제되지는 않을 겁니다."

"그럼…… 귀신이 앞으로도 나온다는 것인지?"

공인중개사의 물음에 김호철이 정민을 바라보았다. 그러자 정민이 작게 고개를 저었다.

괜히 소문이 나면 땅값이 뛰기 시작할 것이다. 정민이 생각하는 땅을 구입을 할 때까지는 비밀로 해야 했다.

"귀신 문제는 어차피 이 땅을 살 우리들 문제이니 아저씨는 신경 안 쓰셔도 돼요."

그러고는 정민이 지도를 보며 말했다.

"저쪽에 커다란 나무가 있는 곳이 있던데……"

"아! 할아버지 나무를 말하는 거군요."

공인중개사가 지도를 보다가 한곳을 짚었다.

"여기입니다."

공인중개사의 말에 김호철이 그를 보며 물었다.

"할아버지 나무가 유명한 모양이군요."

"수령 팔백 살 되는 나무가 흔한 것은 아니니까요. 게다가 이 동네에서는 할아버지 나무를 수호 나무로 여기거든요."

공인중개사의 말에 정민이 지도를 보다가 말했다.

"이 땅 살 수 있나요?"

"살 수는 있겠지만…… 할아버지 나무를 베거나 하면 안 됩니다. 나무 잘못 건드리면 마을에서 난리가 날 겁니다."

"나무는 안 벨 거니 그럼 살 수 있겠네요."

"그렇다면야…… 어떻게, 지금 연락을 해볼까요?"

공인중개사가 핸드폰을 꺼내는 것에 정민이 고개를 끄덕이고는 말했다.

"형들도 땅 좀 골라요."

말을 하면서 정민은 슬쩍 지도 몇 군데를 짚었다. 이곳 땅을 사라는 의미가 정확하게 담겨져 있는 정민의 행동에 박천수와 오현철 등이 땅을 골랐다.

그동안 정민이 추천한 주식이나 사업에 투자를 해서 손해를 본 적이 없었다.

김호철과 혜원이, 그리고 사무소 사람들은 수정 카페에서 이야기를 나누고 있었다.

"양부모가 신의 교단 사람이었다는 거니?"

"응……. 신의 교단은 나와 마리아와 같은 아이들을 납치를 하거나 입양을 통해 데리고 와. 그리고 신의 아이라 부르며 교육을 하고 키워."

혜원의 말에 잠시 말이 없던 김호철이 말했다.

"전에 본 9번이나 1번들은 좀 싸가지가 없던데……."

"신의 아이라고 키워지니까. 누구도 함부로 대하지 못하거든. 그래서 그래."

"넌 그놈들하고 다르잖아?"

"9번이나 1번들은 아주 갓난아이일 때 들어와서 그래. 나도 어릴 때 들어가기는 했지만 그래도 사람들을 만나기도 했으니까. 그 애들처럼 극단적으로 변하지는 않았어."

"다행이다."

김호철을 잠시 보던 혜원이 고개를 돌렸다. 주위에는 행복 사무소 사람들과 바울이 이야기를 듣고 있었다.

"바울 신부, 궁금한 것이 있다면 물어보세요."

"말해주실 겁니까?"

"물으세요."

"신의 교단의 목적은 무엇입니까?"

"신의 교단은 게이트가 만들어진 것이 신의 뜻이라 생각을 해요. 신의 뜻과 다른 이 지구를 바꾸기 위한 신의 의지…… 그것을 게이트라 생각을 하죠."

"혜원 자매와 같은 신의 아이가 몇이나 있습니까?"

"지금은…… 열일곱이에요."

"지금은? 그럼 그 전에는 더 있었다는 것입니까?"

"이백 명 정도 되었던 것 같아요."

"열일곱 명 말고 다른 애들은……."

사람들이 중얼거리는 소리를 들으며 혜원이 입을 열었다.

"대부분 죽었어요."

"죽어? 대부분? 왜?"

"1번, 2번…… 그리고 3번이 애들을…… 죽였어."

1번과 2번, 3번이 같은 신의 아이들을 죽였다는 것에 김호철이 놀라 물었다.

"그놈들이 왜 같은 신의 아이들을?"

"1번은 마음에 들지 않으면 죽였고, 2번은 자신보다 강한 놈들을 죽였어요."

"3번은?"

"3번은 신의 교단에 반하는 생각을 한 애들을 죽였어요."

혜원의 말에 박천수가 황당하다는 그녀를 바라보았다.

"무슨 형제가 다 그렇게 악독해?"

"그러게요. 무슨 집안에 살인마가 하나도 아니고 셋이 나와?"

정민도 황당하다는 듯 중얼거리자 혜원이 고개를 끄덕이고는 말했다.

"그들은 신의 교단에서도 특별한 존재예요. 삼둥이가 모두 마나를 각성한 채 태어났고, 게이트가 열리는 날 태어났으니까요."

혜원의 말에 김호철이 그녀를 바라보았다.

"그러고 보니 혜원이 너도 게이트가 열리는 날 태어났잖아."

"그래서 제가 살아남을 수 있었던 거예요. 신의 아이들 중에서도 오직 저와 그 셋만이 게이트가 열리는 날 각성을 하고 태어난 아이니까요."

"그나마 다행이라고 해야 하나?"

"그렇죠. 아니었다면 2번은 몰라도 3번 손에 저도 죽었을 거예요."

"3번? 1번이 더 위험한 놈 아냐? 마음에 안 들면 그놈은 그냥 죽인다면서?"

"눈에 안 뜨이기만 하면 1번은 위험하지 않아요. 게다가 제 능력은 1번에게 재밌는 능력이었으니까요."

"설마?"

재밌는 능력이라는 말에 김호철의 얼굴이 굳어졌다. 자신이 고통을 받으려고 혜원을 살려둔 것은 아닐 터. 그렇다면······.

김호철을 보며 혜원이 고개를 끄덕였다.

"그래요. 1번은······ 제 능력으로 상대를 괴롭게 한 후에 죽이는 것을 즐겼어요."

"으득!"

김호철이 입술을 깨물었다.

'너무······ 쉽게 죽였다. 1번, 이 개 같은 자식을······.'

혜원에게 한 짓을 생각하니 너무 쉽게 죽인 것이다. 마음 같아서는 어떻게든 다시 살려서 몇 번이고 더 때려죽이고 싶었다.

그런 김호철을 보며 혜원이 입을 열었다.

"하지만 3번은 달라요. 3번은 신의 아이를 모두 감시했어요. 그리고 혹시라도 교단에 안 좋은 말이나 행동을 하는 아이는 가차 없이 죽였어요."

"2번은?"

"2번은 권력욕이 강한 자예요. 그래서 자신을 위협할 능력이 있는 아이들을 죽였어요. 하지만 가장 위험한 사람은 3번이에요."

"3번?"

김호철의 말에 고개를 끄덕인 혜원이 입을 열었다.

"2번은 그가 원하는 것을 주면 어느 정도 싸움을 피할 수 있어요. 하지만 3번은 달라요. 오직 신의 교단을 위한 것만을 생각해요."

스윽!

혜원이 김호철을 바라보았다.

"2번보다 3번이 오빠를 먼저 찾아올 거예요."

"3번이?"

"신의 교단을 지배하는 세 명 중 1번이 죽었어요. 2번은 지금 정신없이 1번의 세력을 흡수하고 있을 거예요. 하지만 3번은 달라요. 3번은 1번의 세력을 흡수하는 대신 그동안 신의 교단의 일에 방해가 된다 생각한 자들을 죽이고 있을 거예요."

"힘을 키우지 않고 죽인다?"

"그래요."

"그럼 왜 1번을 죽인 그날 3번이 나를 죽이지 않은 거지? 난 분명 신의 교단에 방해가 될 인물일 텐데?"

"그 자리에 2번이 있었으니까요. 만약 2번이 없었다면 3번은 오빠를 공격했을 거예요."

김호철의 말에 정민이 한숨을 쉬며 입을 열었다.

"쉽게 말을 하면 2번은 권력욕에 미친 정치인이고, 3번은 광신도군요."

광신이라는 말을 하던 정민이 힐끗 바울을 바라보았다. 그 시선에 바울이 웃으며 고개를 저었다.

"사교를 어찌 주와 견줄 수 있겠습니까. 제가 보기에도 그 자는 광신도가 맞군요."

바울의 말에 고개를 끄덕인 정민이 입을 열었다.

"혜원 누나 말대로 3번이 가장 위험하네요. 1번의 세력을 흡수할 생각은 못 하고 이번 기회에 못 죽였던 놈들을 죽이고 다닌다면…… 1번의 세력은 3번에게 죽기 싫어서라도 2번에게 넘어갈 수밖에 없어요."

잠시 말을 멈춘 정민이 바울을 바라보았다.

"종교인이고 기독교에 몸담고 있는 분이니 광신이 얼마나 위험한 일인지는 제일 잘 알고 계실 것 같네요. 역사적으로 기독교가 주를 위해 한 일이 꽤 있으니까요."

정민의 말에 바울이 헛기침을 하며 고개를 돌렸다. 사실 따지고 본다면 광신이라면 기독교도 빠지지 않으니 말이다. 마녀 사냥이나 종교 전쟁들을 생각한다면 말이다.

바울에게 그것을 따지려고 말을 한 것이 아닌 정민이 김호철을 향해 말했다.

"3번은 어떤 일이라도 할 수 있어요. 사람이라면 해서 안 될 일이라도 3번의 머릿속에는 신을 위한 일이라는 명분이 있으니까요. 이거 진짜 위험한 놈이네요."

정민의 말에 김호철이 고개를 끄덕이고는 혜원을 바라보았다.

"3번이 너를 찾아온다면?"

"3번은 저를 자신의 것으로 만들려 할 거예요."

"미친 새끼…… 그렇게 두지 않아."

김호철의 욕에 미소를 지으며 고개를 끄덕이는 혜원을 보며 정민이 물었다.

"근데 왜 누나는 죽이지 않는 거죠? 광신도인 3번 생각에 누나는 신의 교단 반역자일 텐데요?"

2번이야 다시 볼 것이라 말을 했으니 그렇다 해도 3번은 왜 혜원이를 자신의 편으로 만들려 하는 것인가?

3번 입장에 김호철에게 붙은 혜원은 신의 교단의 반역자일 텐데 말이다.

정민이 그런 의문을 가질 때 혜원이 입을 열었다.

"저와 제 부하들 때문이에요."

혜원의 말에 김호철이 그녀를 바라보았다.

"혜원이 너, 부하도 있어?"

"신의 아이는 모두 신의 교단의 한 세력을 관리하고 있어요. 나는…….”

말을 하던 혜원이 잠시 입을 다물었다가 한숨을 쉬며 입을 열었다.

“고문관이에요.”

“고문관?”

혜원의 말에 김호철의 얼굴이 굳어졌다. 혜원이 말을 한 고문관이 설마 군대에만 존재한다는 고문관은 아닐 것이다.

말 그대로 고문을 하는 고문관…….

“네가?”

“제 능력은 고통……. 고문관으로 가장 적합한 능력이에요.”

“으드득!”

김호철은 신의 교단에 대한 화가 치밀었다. 자신의 동생을 사람을 괴롭히고 고문하는 고문관으로 만들다니…….

“그럼 혜원 동생 부하들이란?”

“감옥을 관리하고 고문을 하는 이들이에요.”

혜원의 답에 정민이 물었다.

“감옥과 고문관 때문에 누나를 자기편으로 삼으려 한다고요?”

“정확하게는 내 능력 때문이야.”

“고통이 왜?”

“3번은 인간이 느끼는 고통을 신께서 주는 시련이라 생각해. 그래서 고통이라는 능력을 가진 내가 필요한 거야. 자신이 신의 시련을 받을 수 있도록⋯⋯."

혜원의 말에 김호철이 입술을 깨물었다.

"미친놈⋯⋯."

미쳤다는 말밖에 나오지 않았다. 일부러 고통을 받기 위해 혜원이의 능력을 필요로 하다니⋯⋯.

"3번은 스스로를 고문하기 위해⋯⋯ 그럼 2번은 남을 고문하기 위해 누나를 필요로 하는 건가요?"

"그래."

어찌 되었든 고통이란 능력은 2번과 3번 둘 다 원한다는 것이다.

얼굴이 굳어진 혜원을 보며 바울이 물었다.

"그럼 혜원 자매께서는 신의 교단의 감옥을 관리하는 것입니까?"

"네."

"그럼 감옥에 있는 이들은?"

"저희 교단에 반하는 능력자들과 정치인들⋯⋯ 그리고 저희가 원하는 정보를 가진 자들이에요."

"혹시 그곳에 저희 바티칸 사람도 있습니까?"

바울의 물음에 혜원이 고개를 끄덕였다.

"있어요."

"그 위치를 말해주시겠습니까?"

바울의 부탁에 혜원의 얼굴이 잠깐 어두워졌다. 하지만 그 것도 잠시 혜원이 고개를 끄덕였다.

"오빠, 핸드폰."

혜원의 말에 김호철이 핸드폰을 내밀었다. 그에 혜원이 핸 드폰에서 일본 지도를 검색해서는 한곳을 가리켰다.

"시마현."

혜원이 가리킨 곳을 잠시 보던 바울이 입을 열었다.

"이곳을 지키는 자들은 몇이나 됩니까?"

바울의 물음에 혜원이 고개를 저었다.

"그곳을 지키는 자들은 공격하지 마세요."

"감옥에 있는 자들을 구하려면 싸울 수밖에 없습니다."

어떻게 안 싸우고 구할 수 있냐는 바울의 말에 혜원이 핸 드폰 번호를 눌렀다. 그리고 누군가와 통화가 연결되자 일본 어로 뭐라 뭐라 말을 하기 시작했다.

그 이야기를 듣고 있던 바울이 놀란 듯 그녀를 바라보았 다. 그 모습에 김호철이 급히 물었다.

"일본말도 할 줄 압니까?"

무슨 말인지 아느냐는 듯 바라보는 김호철에게 바울이 급 히 설명했다.

"지금 일본에 있는 부하들과 통화를 하고 있습니다."

바울의 말에 혜원이 그를 슬쩍 보고는 다시 통화를 하기 시작했다.

혜원은 곧 전화를 끊었다.

"감옥을 비우고 집결지로 이동하라고 명령했어요."

혜원의 말에 김호철이 놀라 물었다.

"그놈들을 어떻게 믿고 연락을 했어?"

"제 부하들은…… 조금 특이하기는 해도 저에 대한 충성심은 죽음도 불사해요."

"특이?"

김호철의 말에 혜원이 살짝 얼굴을 붉히고는 화제를 바꿨다.

"그런 것이 있어요. 일단 감옥을 비우라고 했으니……."

혜원이 바울을 바라보았다.

"일본에 바티칸 8지국이 있는 걸로 알아요. 그들에게 가서 감옥에 갇힌 이들을 꺼내라고 하세요."

"그것도 알고 있었습니까?"

8지국은 신의 교단과 같은 자들을 추적해 멸하는 무력 집단이었다.

"바티칸이 교단을 감시하는 만큼 저희 역시 그쪽을 감시하니까요."

혜원의 말에 그녀를 보던 바울이 고개를 끄덕이고는 핸드폰을 꺼내 한쪽으로 걸어갔다.

그런 바울을 보던 혜원의 시선이 김호철을 향했다.

"다행히 아직 2번이나 3번이 제 감옥에 오지 않은 모양이에요. 그런데……."

말끝을 흐리는 혜원의 모습에 김호철이 물었다.

"왜, 무슨 일 있어?"

"문제가 하나 생겼어요."

"무슨 문제?"

"제 호위들이 저를 찾겠다고 한국으로 들어왔대요."

"호위?"

"9번을 잡을 때 그 곁에 사무라이들이 있었죠?"

"사무라이?"

사무라이라는 말에 잠시 생각을 하던 김호철은 곧 그들이 누군지 알았다.

B급 몬스터들을 썰어내던 검사들.

"천공산에서 좀 센 검사들을 만나기는 했는데, 그들?"

"그들은 9번의 호위예요. 제 호위들도 그들과 비슷하다 보시면 돼요."

"그런 애들이 우리나라에?"

"제가 사라졌다는 소식이 부하들에게 전해진 모양이에요. 그 이야기에 제 호위들이 한국으로 온 모양이에요."

"네가 어디에 있는 줄 알고?"

"한국에서 온 능력자가 9번을 납치했고, 그 능력자를 잡으러 1번이 저를 데리고 간 사실을 알고 있으니 한국으로 온 거죠."

"그놈들…… 믿을 수 있는 놈들이야?"

김호철의 물음에 혜원이 그를 보다가 입을 열었다.

"오빠한테는 미안하지만…… 그들은 내가 힘들고 외로울 때 늘 내 곁에서 나를 위하던 이들이야. 난 그들을 믿어."

혜원의 말에 김호철은 조금 서운했다. 하지만 한편으로는 조금 기분이 좋았다. 그 빌어먹을 신의 교단에서 그래도 혜원이가 마음을 줄 수 있는 이들이 있다는 것에 말이다.

"그럼 그 녀석들 사고 치기 전에 찾아야겠다."

김호철의 말에 혜원이 맞는다는 듯 핸드폰의 번호를 눌렀다. 그리고 혜원이 곧 대화를 나누기 시작했다.

"나예요. 그래요. 난 괜찮아요. 오빠하고 있어요. 네, 여러분은 지금 어디예요?"

혜원이가 통화를 하는 전화기 너머로 희미하게 들려오는 것은 조금 어색하기는 하지만 한국말이었다.

'혜원이 부하들은 한국말을 할 줄 아는 건가?'

그런 생각을 하던 김호철의 귀에 혜원이의 목소리가 들려왔다.

"어디? 수정 카페요?"

수정 카페라는 말에 고윤희와 박천만이 빠르게 창가로 다가갔다.

타탓!

그러고는 슬쩍 창가 밖을 바라보았다.

"수상한 놈들은 안 보이는데? 그쪽은?"

고윤희의 중얼거림에 창밖을 보던 박천만이 작게 고개를 저었다.

그 모습에 혜원이 전화기에 대고 말했다.

"여기 있는 분들은 저를 위해주는 분들이니 무례하게 굴지 말고 들어오세요."

그것으로 전화를 끊은 혜원이 문을 바라보았다. 그에 고윤희가 마리아를 향해 손을 내밀었다.

"마리아."

고윤희의 말에 마리아가 바 밑에 놓여 있던 검을 그녀에게 던졌다.

휘익!

챙!

날아오는 검 손잡이를 잡아 그대로 뽑아 든 고윤희가 허공에 한 번 휘두르고는 의자에 앉았다.

스륵!

마치 무협 소설에 나오는 여고수의 풍모를 풍기며 검을 무릎에 올려놓고 있는 고윤희의 모습에 혜원이 말했다.

"싸움이 일어나지는 않을 것이니 긴장들 하지 마세요."

"난 내 눈으로 보고 내 귀로 들은 것만 믿어."

무릎에 놓인 검신을 손가락으로 스윽 문지른 고윤희가 문을 바라보았다.

"그리고 내 실력만."

고윤희의 말에 박천수가 고개를 끄덕이고는 담배 케이스를 꺼내 들었다.

"나도 내 실력만 믿지."

박천수의 말에 고윤희가 피식 웃었다.

"나 따라하는 거예요?"

"어험! 그럴 리가."

말은 그렇게 하지만 박천수의 얼굴은 살짝 붉어져 있었다. 고윤희의 모습이 멋져 보여 그것을 따라한 것이 사실인 것이다.

그렇게 행복 사무소 사람들이 전투준비를 한 채 입구를 바라보았다.

그런데…….

"카페 근처라고 했는데 왜 이리 안 와?"

박천수의 중얼거림에 혜원이 한숨을 쉬며 입을 열었다.

"혹시 단것 좋아하세요?"

"단것?"

뜬금없이 단것을 묻는 혜원을 보며 고윤희가 고개를 끄덕였다.

"단것 안 좋아하는 사람도 있어?"

"그럼 잘됐네요."

"왜?"

"기다리시면 알아요."

그때 문이 열렸다.

딸랑!

익숙한 방울 소리와 함께 두 명의 남녀가 들어왔다.

"14번 히메시여."

"무사하셔서 다행입니다."

부하들의 인사에 혜원이 고개를 끄덕이고는 말했다.

"앞으로는 나를 14번이 아니라 김혜원, 혜원이라고 부르세요."

"네."

왜 그래야 하냐는 의문은 없었다. 그저 혜원이 부르라고 하니 그리 부른다. 그것이 부하들의 생각이었다.

"일어나세요."

혜원의 말에 부하들이 일어났다. 그러고는 여인이 슬며시 혜원의 옆에 섰다. 여인의 얼굴은 평범했다. 같이 온 청년이 아주 잘생긴 것에 비하면 볼품이 없을 정도로 말이다.

둘이 같이 다닌다면 사람들이 '와, 여자 돈 엄청 많은가 보다'라는 생각이 들…… 어쨌든 여인은 혜원의 옆에 자리를 잡았다. 마치 그 자리가 자신이 있어야 할 곳이라는 듯 말이다.

혜원의 옆에 선 여인이 품에서 고풍스러운 빗을 꺼내 혜원의 머리를 빗겨주기 시작했다. 뜬금없는 행동이었지만 혜원은 익숙하게 그 행동을 받으며 말했다.

"다른 이들은 어디에 있나요?"

"주위를 경계하고 있습니다."

"경계?"

"주위에 2번과 3번의 닌자들이 은신하고 있습니다."

혜원의 머리를 빗는 여인의 말에 김호철이 놀라 그녀를 바라보았다.

"닌자?"

"이분은?"

여인의 물음에 혜원이 고개를 끄덕였다.

"인사해. 우리 오빠."

혜원의 머리를 빗기던 여인이 손을 떼어내고는 공손하게 고개를 숙였다.

"김호철 씨를 뵙습니다. 저는 혜원 히메님의 수석 호위 칸노입니다."

칸노가 앞에 서 있는 청년을 향해 눈짓을 주었다. 그러자 청년이 손에 들고 있던 쇼핑백을 김호철에게 내밀었다.

"혜원 히메님의 호위 코지로입니다."

"김호철입니다."

코지로가 건네는 쇼핑백을 받은 김호철이 안을 바라보고는 고개를 갸웃거렸다. 쇼핑백 안에는 조각 케이크들이 담겨져 있었다.

"이건?"

"혜원 히메님의 오빠분을 처음 만나는 자리에 빈손으로 오기 그래서 좀 준비했습니다. 이곳을 잘 알지 못해 맛집의 것으로 준비를 하지 못해 죄송합니다."

죄송하다는 듯 고개를 숙이고 있는 코지로를 보던 김호철이 혜원을 바라보았다.

"성의니 드셔도 돼요."

혜원의 말에 김호철이 케이크가 담긴 쇼핑백을 잠시 보다가 그것을 바 위에 올려놓았다.

"그보다 닌자?"

"저희가 파악을 한 인원은 열다섯입니다."

코지로의 답에 김호철이 혜원이를 바라보았다.

"닌자라는 게 내가 아는 그 닌자?"

"맞아요."

혜원의 말에 고윤희가 고개를 갸웃거렸다.

"천만 오빠하고 내가 아침마다 주위를 살피는데 왜 발견 못 한 거지?"

"교단의 닌자들은 능력자가 아니에요. 그래서 두 분이 찾아내지 못했을 거예요. 닌자를 찾아낼 수 있는 건 같은 닌자 수행을 한 이들뿐이에요."

고윤희에게 설명을 한 혜원이 고개를 돌려 칸노를 바라보았다.

"나를 어떻게 찾은 거죠?"

"9번 님이 사라진 천공산 닌자들에게서 김호철이라는 이름을 들었습니다. 한국에 도착한 후 김호철이라는 이름을 SG를 통해 알아냈습니다."

"그렇게 찾아온 것이군요."

어떻게 된 것인지 알겠다는 혜원이 문득 칸노를 바라보았다.

"설마…… SG를 고문한 것은?"

"아닙니다. 히메께서 고문을 싫어하는 것을 아는데 어찌 그러겠습니까. 저희 쪽과 끈이 닿아 있는 SG를 통해 정보를 얻었습니다."

"아…… 다행이네요."

칸노의 말에 안도를 하는 혜원을 보던 김호철이 굳은 얼굴로 말했다.

"닌자들을 정리해야겠어."

그러고는 김호철이 코지로를 향해 고개를 돌렸다.

"숨어 있는 닌자들의 위치를 알려주십시오."

김호철의 말에 코지로가 혜원을 바라보았다. 그 시선에 혜원이 고개를 끄덕이려 할 때 정민이 말했다.

"그냥 두세요."

정민의 말에 김호철이 의아한 눈으로 그를 바라보았다.

"우리를 감시하는 놈들을 왜 그냥 둬?"

"이놈들 제거해도 어차피 또 올 거예요. 지금 괜히 건드려서 2번이든 3번이든 자극을 해서 좋을 것이 없어요."

"그럼 그냥 두자고?"

김호철의 물음에 정민이 잠시 생각을 하다가 코지로를 바라보았다.

"근처에 있는 닌자는 모두 파악을 하신 겁니까?"

정민의 물음에 코지로가 작게 고개를 끄덕였다.

"그럼 그놈들 위치와 동선을 파악해 주세요. 그리고 2번과 3번 닌자들의 접점이 있는지도요."

정민의 말에 코지로가 혜원을 보자 그녀가 고개를 끄덕

였다.

"여기 있는 분들은 모두 저를 위해주시는 분이니, 이분들이 하는 말은 따르세요."

혜원의 말에 고개를 숙인 코지로가 핸드폰을 꺼내 밖에 있는 호위들에게 전화를 걸었다.

그것을 보던 정민이 칸노를 바라보았다.

"호위는 총 몇이 왔나요?"

"여섯입니다."

"호위가 여섯밖에 안 되는 겁니까? 9번은 한 열 명 되는 것 같던데?"

정민의 물음에 혜원이 고개를 저었다.

"저를 호위해 주는 분은 열둘이에요. 아마 한국에 오지 않은 여섯은 일본에서 부하들을 지키고 있을 거예요."

"그들도 같이 오고 싶어 했지만 남은 자들을 지켜야 했습니다."

혜원의 말에 칸노가 맞는다는 답을 하자 정민이 잠시 생각을 하다가 물었다.

"그럼 호위분들의 실력은?"

정민의 물음에 칸노가 입을 열었다.

"저는 전투 능력이 없지만, 저를 제외한 호위들의 능력은 다른 신의 아이 호위대에 비해 약하지 않습니다."

"그럼 강하다는 것도 아니군요."

정민의 말에 칸노가 살짝 눈을 찡그렸다. 그 모습에 정민이 급히 손을 내저었다.

"누나를 무시하려는 것이 아니라 이쪽 전력을 정확히 알려고 하는 거예요. 기분 나빴다면 미안해요."

정민의 누나라는 말에 조금 당황한 듯 그를 보던 칸노가 고개를 끄덕였다.

"알겠습니다."

"말 편하게 하세요. 제가 훨씬 어린데요."

"한국말을 높임말로 배워 이게 편합니다."

칸노의 말에 그럴 수도 있겠다 생각을 한 정민이 말했다.

"그런데 누나는 전투 능력이 없어요?"

"그렇습니다."

"전투 능력이 없는데 수석 호위예요?"

정민의 물음에 칸노는 답을 하지 않았다. 그런 칸노를 보며 혜원이 말했다.

"칸노의 능력은 나를 위해서만 발휘돼. 그래서 전투 능력이 없어."

"능력이 뭔데요?"

"그건……."

혜원이 입을 열려는 순간 칸노가 고개를 저었다.

"말을 하시면 안 됩니다."

"이분들은……."

"히메님과 저만의 비밀입니다."

칸노의 굳은 말에 혜원이 그녀를 보다가 정민을 향해 고개를 돌렸다.

"말을 해줄 수가 없어서 미안."

"아니에요. 능력자 능력이야 비밀로 할수록 좋은 거니까요."

이야기를 나눌 때 전화를 끝낸 코지로가 다가왔다.

"호위대에 말을 전했습니다. 지금부터 정보를 모을 것입니다."

"잘되었네요."

그런 정민을 보며 김호철이 물었다.

"그런데 그 정보들을 모아서 어쩌려고?"

"2번과 3번…… 분명 엄청 강하겠죠?"

정민의 말에 혜원이 고개를 끄덕였다.

"강해요."

그러고는 혜원이 김호철을 향해 말했다.

"1번과 싸웠을 때 오빠가 마지막으로 변했던 능력은 확실히 강했어. 하지만 1번이 전력을 다했다면 그렇게 쉽게 죽지 않았을 거야."

잠시 말을 멈췄던 혜원이 입을 열었다.

"1번의 진짜 능력은 신의 손가락이 아니라 신의 의지, 바로 정신 능력이니까."

"네 정신 금제를 말하는 거야?"

"1, 2, 3번은 다른 신의 아이들과 달리 두 개의 능력을 사용해."

"그들 능력을 알아?"

"1번은 능력을 숨기지 않고 사용해서 알고 있지만 2번과 3번은 자신들의 능력을 숨겨. 하나 알고 있는 것은 3번의 신의 숨결…… 즉, 바람을 조종하는 능력이야."

"바람이라……. 그래서 하늘에서 날아온 거군."

대화를 듣던 고윤희가 고개를 갸웃거렸다.

"그런데 왜 2번의 능력은 하나도 모르는 거지? 능력을 숨기는 것은 이해가 되지만 한 번도 능력을 사용하지 않았을 것 같지는 않은데? 신의 아이들을 죽인 건 2번도 포함된다면서?"

고윤희의 중얼거림에 김호철이 그녀를 힐끗 보고는 굳은 얼굴로 입을 열었다.

"답은 간단합니다."

김호철의 말에 고윤희가 그를 바라보았다.

"뭔데?"

"신의 아이들은 능력자, 그리고 2번이 직접 손을 대야 할 상황이라면 그 상대 역시 능력자일 겁니다. 아무리 능력을 비밀로 하고 싶다 해도 그런 자들을 상대한다면 능력을 썼을 겁니다. 그런데도 아는 자들이 없다면…… 답은 하나. 능력을 본 자를 모두 죽인 겁니다."

"모두?"

"적은 당연히 죽였을 것이고…… 아마 자신의 능력을 본 부하도 모두 죽였을 겁니다."

"자기 부하들도?"

고윤희가 놀라 바라보는 것에 김호철이 웃었다. 정말 웃겨서 웃는 것이 아니라 세상에 이런 놈도 다 있구나 싶은 것이다.

"같은 처지인 신의 아이들…… 그것도 한둘도 아니고 수십 명을 죽인 놈입니다. 게다가 자기와 친형제인 1번이 죽는 것을 보고 웃고, 3번을 나에게 죽여 달라고 하던 놈입니다. 부하? 후!"

그저 웃은 김호철이 주먹을 움켜쥐었다.

"2번이고 3번이고……."

중얼거리던 김호철이 혜원을 바라보았다.

'죽인다. 그놈들이 숨 쉬는 하루하루에 얼마나 많은 사람이 피눈물을 흘릴지 알 수 없다. 하루라도 빨리 죽이는 것이 세상을 위한 일이다.'

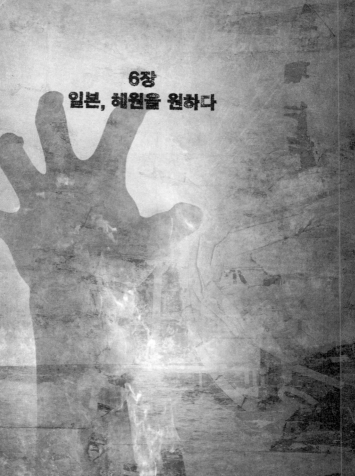

6장
일본, 해원을 원하다

　김호철은 지하 훈련장에서 이그니스를 앞에 두고 명상을 하고 있었다. 2번과 3번과 싸워야 할 때를 대비해 김호철은 이그니스를 이미지화하는 데 집중을 하고 있었다.

　어두운 공간, 자신의 몬스터들이 대기하는 그 공간에서 눈을 뜬 김호철이 주위를 둘러보았다. 자신이 이미지화한 몬스터들을 보던 김호철이 고개를 돌렸다.

　어두운 공간에 불을 밝히고 있는 존재 이그니스…….

　어두운 공간에 이그니스가 존재하고 있었다.

　화르륵! 화르륵!

　파란 불꽃을 뿜어내며 존재하는 이그니스…….

　"이그니스."

김호철의 부름에 이그니스의 눈이 그를 향했다.

"살라만다를 살려 달라고 할 때는 말도 하던데…… 왜 말을 하지 않지?"

─…….

하지만 이그니스는 말을 하지 않았다. 그저 바라볼 뿐…….

그런 이그니스를 보던 김호철이 한숨을 쉬었다.

'이그니스와 대화가 될 것이라 생각을 했는데…….'

이그니스를 이미지화하면서 기대한 것 중 하나가 바로 게이트 너머에 무엇이 있는지 왜 게이트가 열리는지에 대한 답이었다.

살라만다를 살리기 위해 자신에게 말을 걸었다면 대화가 가능할 것이라 생각을 한 것이다.

하지만…… 이그니스는 말을 하지 않는 것이다.

잠시 이그니스를 보던 김호철이 그 몸에 손을 가져갔다.

파란 불꽃을 뿜어내는 이그니스지만 김호철의 손에는 그저 따뜻하다는 감촉만을 주었다.

"마음 같아서는 한번 소환해 보고 어느 정도 강한지 보고 싶다. 하지만 네 마나석이 없으니 그건 안 되겠다."

이그니스 소환은 가능하다. 하지만 이그니스 마나석을 먹지 않는 이상은 일회성이다.

하지만…… 김호철은 이그니스를 소환하지 않고도 사용할

수 있는 방법을 알고 있었다.

바로…….

"불 내놔."

김호철의 명령에 이그니스의 눈이 살짝 찡그려졌다. 하지만 그것도 잠시, 이그니스의 몸에서 새파란 불꽃이 김호철의 몸으로 흡수되기 시작했다.

화르륵!

자신의 몸에서 솟구치는 새파란 불꽃을 느끼며 김호철이 미소를 지었다.

"역시 되는군."

오거의 힘을 사용할 때처럼 이그니스의 힘도 사용이 가능했다. 그것도 소환을 하지 않는 이상 언제든지…….

물론 문제는 있었다.

'마나 소모가 어마어마하네.'

강하게 힘을 쓰는 것도 아니고 그저 이그니스의 힘을 끌어올린 것만으로 마나가 빠르게 줄어드는 것이 느껴졌다.

그리고 한 가지 문제가 더 있었다.

스윽!

고개를 숙인 김호철은 불꽃 속으로 보이는 알몸에 입맛을 다셨다.

이그니스의 불꽃에 김호철의 옷이 다 타들어 간 것이다.

'데스 나이트와 합체했을 때는 옷이 안 탔는데…… 데스 나이트 갑옷을 통해 불꽃이 뿜어져서 그런가?'

그런 생각을 하던 김호철이 이그니스의 힘을 풀어냈다.

화르륵!

불꽃이 사라지자 김호철의 알몸이 드러났다. 그런 자신의 몸을 본 김호철이 슬쩍 주위를 바라보고는 서둘러 목욕탕으로 들어갔다.

목욕탕 안에 있는 사물함에서 운동복을 꺼내 입은 김호철이 지하 훈련장을 나왔다.

"그래서 2번과 3번을 싸우게 하자?"

"네, 말 들어보니 2번이 됐든 3번이 됐든 누가 오더라도 싸움이 커질 거예요. 게다가 1번의 세력을 흡수하고 오면 우리 다 죽을걸요."

수정 카페로 들어서던 김호철은 안에서 들리는 소리에 서둘러 안으로 들어갔다.

"무슨 이야기야?"

김호철의 말에 사람들과 이야기를 하던 정민이 마침 잘 왔다는 듯 옆을 가리켰다.

"이리 오세요. 그렇지 않아도 형하고 할 이야기가 있었어요."

정민의 말에 김호철이 그를 바라보았다.

"조금 들었는데 2번과 3번을 싸우게 하겠다고?"

"네."

"어떻게? 3번이야 2번을 싫어하니 그를 공격할 수 있겠지만, 2번은 이것저것 재고 움직일 것 같은데."

"그렇죠. 하지만 2번이 생각지 못한 변수가 하나 있죠."

"뭐?"

김호철의 물음에 정민이 바울을 가리켰다.

"바울 신부님이에요."

"바울 신부?"

"이틀 전에 혜원 누나 감옥에 갇혀 있던 사람들을 바티칸 사람들이 구해냈잖아요. 지금쯤 3번은 몰라도 2번은 그 사실에 긴장을 하고 있을 거예요. 혜원 누나의 감옥이 털렸다는 것은 누나가 우리에게 정보를 제공했다는 것을 의미하니까요."

"그럼…… 2번이 우리를 공격하지 않을까?"

"정보를 제공하지 않은 상태였다면 혜원이 누나 입을 막으려고 했겠지만 정보가 들어간 이상 이미 늦었죠."

"우리가 이렇게 혜원이의 정신 금제를 풀 거란 생각은 못 했겠지."

"맞아요. 그리고 칸노 누나한테 들었는데 아직 2번과 3번은 1번의 세력을 흡수하지 못했어요. 그쪽에도 변수가 하나 생겼거든요."

"신의 교단에 변수?"

"1번이 죽었다는 사실이 알려지자, 1번에게 협력하던 신의 아이들이 2번과 3번에게 반기를 들었어요."

"반기?"

"그동안 절대적이라 생각하던 1번이 살해를 당했어요. 신의 아이들에게 2번과 3번도 죽을 수 있는 존재라는 인식이 생긴 거죠. 그리고 2번과 3번이 어떤 놈인지 그들이 제일 잘 알죠. 언제 자신을 죽일지 알 수 없는 놈들 밑에 붙느니 차라리 자신들끼리 뭉쳐 버린 거예요."

"호오!"

정민의 말에 김호철이 잘되었다는 듯 감탄성을 뱉었다. 적끼리 자중지란을 일으켰다니 그보다 잘된 일이 없다.

게다가 아직 김호철은 준비가 다 되지 않았다. 이런 상황이라면 준비를 할 시간을 더 얻을 수 있다.

그런 김호철을 보며 정민이 고개를 끄덕였다.

"그래요. 우리한테는 아주 잘된 일이에요. 하지만 구경만 하고 있을 수는 없어요. 1번 세력이 뭉쳤다고 해도 구심점이 없는 이상 2번과 3번을 상대로 오래 버티지 못할 테니까요."

"그래서?"

"2번과 3번을 서로 싸우게 만들어서 그들 힘을 깎을 필요가 있어요."

"그들을 싸우게 하는 데 바울 신부의 역할이 있다?"

"신의 교단…… 드러나지 않은 상태라면 위협적이겠지만 혜원 누나에 의해 드러난 이상 그저 좀 강한 능력자 집단일 뿐이에요."

"너무 쉽게 생각하는 것 아냐?"

신의 교단이 얼마나 강한지는 싸워본 김호철이 잘 아는 것이다.

"아뇨, 개인의 힘이 집단을 이길 수 없어요. 그리고 집단은 국가를 이길 수 없죠. 신의 교단이 강한 이유는 그동안 드러나지 않은 채 어둠 속에서 움직였기 때문이에요. 보이지 않는 적과 싸울 수는 없으니까요."

그러고는 정민이 입을 열었다.

"내일 바울 신부가 2번 닌자들과 만날 거예요."

"2번 닌자들을 왜?"

"무슨 목적이 있어서가 아니에요. 아니, 만나는 것이 목적이에요. 길을 물어도 되고, 아니면 2번 닌자들이 있는 곳에 낙서를 하고 와도 돼요. 물건을 떨어뜨려도 되고."

왜 그런 짓을 해야 하는지 의아해하던 김호철이 손뼉을 쳤다.

"아! 바울 신부, 아니, 바티칸이 2번 쪽과 연락을 취하고 있다는 의심을 3번이 갖게 하는 거구나."

김호철의 말에 정민이 미소를 지었다.

"2번과 3번은 서로 죽이려 하는 사이이니 서로 간에 정보 교환은 이뤄지지 않겠죠. 2번 닌자와 바울 신부 사이에 접점이 생기는 것을 3번 쪽 닌자들이 보고할 터……. 3번은 2번을 의심할 거예요. 그리고 바티칸 쪽은 혜원 누나가 알려준 3번 거점들을 공격하면 효과는 더 커지겠죠."

"3번은?"

"3번은 형이 나서줘야 해요."

"내가?"

"행동은 바울 신부와 같아요. 그럼 2번은 3번을 의심할 거예요."

정민의 말에 김호철이 그를 보다가 말했다.

"하지만 그렇게 쉽게 될까?"

"되든 안 되든 해보는 거예요. 해보고 성공하면 좋은 거고 실패해도 손해 볼 것은 없죠."

정민의 말에 김호철이 고개를 끄덕였다. 그 말이 맞다. 실패한다고 해도 손해 볼 것은 없는 것이다.

김호철은 수정 카페 바로 앞에 위치한 부평 공원을 걷고 있었다.

'인천 빚도 많다는데 시민 공원은 참 잘 만들어 놨어.'

부평 공원을 걸으며 김호철은 문득 그런 생각을 했다. 차를 타고 다니다 보면 인천은 특히 공원과 같은 곳을 많이 발견할 수 있었다.

이런 공원을 만들려면 땅값이나 돈도 많이 들 텐데 하는 생각을 하며 걸음을 옮기던 김호철의 눈에 정자에 앉아 책을 보고 있는 청년이 보였다.

아주 평범하게 생긴 청년을 향해 걸으며 김호철이 품에 손을 넣었다 뺐다. 김호철의 손에는 작게 접은 종이 한 장이 들려 있었다.

청년의 옆을 지나치던 김호철이 슬쩍 종이를 떨어뜨렸다.

툭!

그러고는 모른 척 걸음을 옮기기 시작했다. 그런 김호철의 모습에 책을 보던 청년이 바닥에 떨어진 종이를 한 번 보고는 주위를 둘러보았다.

스윽!

슬며시 종이를 집어 든 청년이 그것을 펼쳤다.

⟨032-****-****⟩

종이에 적힌 전화번호에 청년이 고개를 갸웃거렸다.

'이 번호는 뭐지?'

뭔지는 몰라도 김호철이 떨어뜨린 것이다. 위에 보고를 해야 할 내용이었다.

주섬주섬 책을 정리한 청년이 사라졌다.

수정 카페로 돌아온 김호철에게 정민이 물었다.

"그런데 그 전화번호는 뭐예요?"

"중국집."

"중국집?"

"아무거나 적으라면서. 매운 짬뽕 맛있게 하는 집인데 문득 번호가 생각이 나서 적었어."

"큭! 뭔지는 몰라도 그놈들 한국 매운 맛은 좀 보겠네요."

정민의 말에 김호철도 웃었다. 그럴 때 바울이 안으로 들어왔다.

"잘하셨습니까?"

김호철의 말에 바울이 고개를 끄덕였다.

"시간 물어보고 고맙다며 악수 청하고 왔습니다."

바울의 말에 정민이 말했다.

"지금부터 시작일 뿐이에요. 앞으로 삼 일 정도는 그렇게 서로 만나야 해요."

정민의 말에 김호철이 고개를 끄덕였다. 그리 어렵지 않은 일로 2번과 3번 사이를 틀어지게 만들 수 있다면 남는 장사였다.

✳

다음 날 점심 때 김호철은 김밥이 담긴 봉투를 들고 부평 공원을 걷고 있었다.

부평 공원을 한 바퀴 걸은 김호철은 정자로 걸음을 옮겼다. 정자에는 어제와는 다른 청년이 앉아서 멍하니 하늘을 보고 있었다. 일견하기에는 그저 멍하니 시간을 죽이고 있는 청년 백수의 모습처럼 보였다.

'이렇게 보면 그저 평범한 사람인데……. 하긴 평범하게 보이는 것이 닌자들의 주목적이라니까.'

김밥 봉투를 든 김호철이 정자 한쪽에 앉았다. 그러고는 말없이 김밥을 꺼내 먹기 시작했다.

'여기가 명당이었네.'

왜 정자에 닌자가 늘 있나 싶었는데 막상 앉아서 보니 이유가 짐작이 되었다.

정자는 공원에 있는 작은 동산 위에 있었는데 주위가 잘 보였다. 수정 카페 입구 쪽까지…….

그것을 보던 김호철이 김밥을 먹으며 힐끗 청년을 바라보았다.

"밥은 먹었습니까?"

김호철의 말에 청년이 잠시 멈칫했다가는 웃으며 그를 바라보았다.

"아니요."

"쯧! 요즘 청년 실업이 심하다고 하던데……. 이거나 한 줄 먹으면서 있어요."

김호철이 김밥을 건네자 청년이 그를 보다가 두 손으로 그것을 받았다.

"감사히 먹겠습니다."

"에잉! 이놈의 나라가 어떻게 되려는지."

작게 중얼거린 김호철이 일어나서는 청년을 뒤로하고 동산을 내려갔다.

김호철과 바울은 4일 동안 2번과 3번의 닌자들과의 접점을 만들었다.

때로는 악수를 때로는 그들이 있는 곳 근처에 낙서를 하는 형태로 말이다.

아무것도 아닌 일들……. 하지만 그것을 보는 상대 쪽은 그 아무것도 아닌 일에 의미를 부여할 것이다.

그리고 그것이 통했는지 아닌지는 아직 결과가 나오지 않았다. 하지만 정민의 말대로 통하면 좋고 안 통해도 손해 볼 일은 없었다.

그래서 오늘도 김호철은 출근을 하는 것처럼 수정 카페를 나서려 하고 있었다.

딸랑!

나가기 전에 문을 열고 들어오는 사람만 없었다면 말이다. 문이 열리며 들어온 사람은 넷이었다. 모두 처음 보는 사람이었다.

김호철이 슬쩍 뒤로 물러나며 바 앞을 막았다. 바 뒤에는 마리아와 정민이 있어 그들을 보호하려는 것이다.

그런 김호철의 모습에 사내가 품에서 신분증을 꺼내 들었다.

"SG 중앙지검 오인수 검사입니다."

"검사?"

김호철이 고개를 갸웃거릴 때 정민이 슬쩍 다가와 말했다.

"능력자 범죄를 다루는 검사라고 보면 돼요."

그러고는 정민이 오인수를 향해 말했다.

"신의 교단 일 때문에 오신 건가요?"

정민의 말에 오인수가 고개를 끄덕이고는 마리아를 바라보았다.

"마리아 소장님이십니까?"

"어서 오세요. 커피 한잔 드릴까요?"

마리아의 말에 오인수가 고개를 저었다.

"일만 보고 바로 가야 해서 커피 한 잔 나눌 시간이 없군요. 다음에 마시겠습니다."

오인수의 말에 마리아가 그와 함께 온 이들을 바라보고는 말했다.

"그런데 신의 교단 일이라면 무슨 일로?"

마리아의 물음에 오인수가 뒤에 서 있는 사람들을 가리켰다.

"일본 총리 직속 감찰부 이시다 씨입니다."

오인수의 말에 이시다가 앞으로 나섰다.

"감찰부 이시다 겐지입니다."

일본에서 왔다는 말에 김호철은 뭔가 좋지 않은 예감이 들었다.

'설마……'

불길한 생각에 김호철이 이시다를 바라보았다.

"혹시 혜원이에 관한 일입니까?"

"그렇습니다."

이시다의 말에 김호철은 자신의 생각이 맞았음을 알았다.

"혜원이에게 무슨 일입니까?"

"김혜원 양…… 아니, 히로미 료코 양은 일본 국적의 일본 인입니다. 본국 소환 영장입니다."

이시다가 품에서 서류 한 장을 꺼내 보였다. 서류에는 일 본어로 뭐라 뭐라 적혀 있었지만 김호철이 읽을 수 있을 턱 이 없다.

다만…….

"지금 뭐라고 했습니까?"

"신의 교단의 범법 행위를 조사하기 위해 본국으로……."

말을 하던 이시다의 얼굴에 의아함이 어렸다. 김호철이 손 을 내밀어 서류를 잡은 것이다.

그리고…….

파지직! 화아악!

김호철의 손에서 뿜어진 뇌전에 소환 영장이 그대로 재가 되어 흩어졌다. 그에 놀란 눈으로 바라보는 이시다를 향해 김호철이 입을 열었다.

"뭐라고? 다시 말해봐."

굳은 얼굴의 김호철의 시선에 이시다의 뒤에 있던 사내 둘 이 앞으로 나섰다. 그에 오인수가 급히 양손을 들어 김호철 과 사내들을 향해 펼치고는 말했다.

"자…… 진정들 하시고."

오인수의 말에 김호철이 그를 바라보았다.

"너는 여기 왜 온 거야?"

김호철의 반말에 오인수가 눈을 찡그렸다.

"기분 상하신 것은 알지만 말씀을 좀 가리시죠. 저는 공무를 하러 온 검사입니다."

"그래서…… 검사는 일반 시민한테 다 존대를 들어야 한다는 거냐?"

"그런 것은 아니지만…… 내 나이가 더 많은 것 같은데?"

오인수도 반말을 하는 것에 김호철이 그를 보다 말했다.

"그래서…… 너는 여기 왜 온 거야?"

다시 같은 질문을 반말로 하는 김호철을 보며 오인수가 입을 열었다.

"김혜원 양은 일본 국적이다. 그리고 범죄 집단인 신의 교단에 속한 사람이니 김혜원 양에 대한 사법권을 일본이 행사하는 거다."

"그래서 왜 왔냐고?"

"일본 외교부에서 협조 요청이 왔다. 그래서 내가 온 것이다."

오인수의 말에 그를 보던 김호철이 이시다를 향해 고개를 돌렸다.

"꺼져."

김호철의 말에 이시다가 눈을 찡그렸다.

"히로미 양은 일본 국적 사람입니다. 당신들이······."

파지직!

순간 김호철의 앞에 데스 나이트가 모습을 드러냈다.

"데스 나이트!"

그에 놀라는 이시다를 뒤에 있던 사내 둘이 뒤로 당기며 허리춤에 손을 가져갔다.

파지직! 파지직!

하지만 그 둘은 움직임을 멈춰야 했다. 어느새 김호철의 몸에서 뿜어진 뇌전이 그들의 뒤에 웨어 라이온을 만들어낸 것이다.

"크르릉!"

"으르릉!"

사내 둘의 뒤에 나타난 웨어 라이온의 손이 그들의 목 바로 위에 위치해 있었다.

움직이면 당장 웨어 라이온의 손톱이 목을 뚫을 것 같은 느낌에 굳은 사내들을 보며 김호철이 입을 열었다.

"꺼져."

김호철의 말에 이시다가 오인수를 바라보았다.

"오인수 상!"

이시다의 외침에 오인수가 김호철을 향해 고개를 돌렸다.

"이들을 건들면 외교 문제로 번진다."

"내 동생을 건들지 않으면 내가 이들을 건들 이유도 없다."

그러고는 김호철이 굳은 얼굴로 이시다를 바라보았다.

"겁나 웃기는군."

"난다?"

"난다? 날기는 뭘 날아?"

김호철의 말에 오인수가 슬쩍 말했다.

"일본말로 '난다'는 '뭐냐'라는 의미다."

오인수의 말에 김호철이 이시다를 향해 말했다.

"한국에 왔으면 한국말 써, 새끼야."

그러고는 김호철이 말했다.

"내가 혜원이를 구하고 SG에 신의 교단에 대한 정보를 알려주지 않았으면 혜원이가 누군지 신의 교단이 뭔지도 몰랐을 놈들이 이제 와서 조사를 하겠다고? 그것도 우리 혜원이를 데려가서? 미친놈의 새끼들. 그렇게 조사를 하고 싶으면 너희들 스스로 정보를 얻어. 남의 집 귀한 동생 건들 생각하지 말고."

"하지만 히로미⋯⋯."

파지직!

순간 데스 나이트의 손에서 커다란 해머가 모습을 드러냈다.

스윽!

위협적으로 해머를 앞으로 내미는 데스 나이트의 모습에 이시다의 얼굴이 굳어졌다.

"히로미라 부르지 마. 혜원이다."

김호철의 말에 이시다가 그를 보다가 말했다.

"히! 로! 미!"

"이 개새끼가!"

김호철이 앞으로 나서려 하자 정민이 급히 그의 옷을 잡았다.

"형."

정민의 만류에 김호철이 굳은 얼굴로 고개를 저었다.

"손 놔."

"저들 건들면 안 좋아요. 잘못하면 우리나라 SG들하고 싸워야 할 수도 있어요."

"안 무서워."

"사람이 죽고 사는 문제예요."

정민의 말에 굳은 얼굴로 이시다를 보던 김호철이 입을 열었다.

"혜원이는 못 데려가. 아니…… 데려갈 수 있으면 데려가 봐."

파지직!

뇌전과 함께 데스 나이트 하나가 더 모습을 드러냈다.

"다 쓸어버릴 테니까."

그 모습에 이시다의 얼굴이 굳어졌다.

'데스 나이트가 둘?'

그런 이시다를 보며 정민이 입을 열었다.

"혜원 누나를 데려가려면 이 데스 나이트들부터 해결해야 할 텐데…… 할 수 있어요?"

정민의 말에 이시다가 굳은 얼굴로 오인수를 바라보았다. 그 시선에 오인수가 한숨을 쉬며 어깨를 으쓱했다. 자신이라고 데스 나이트 둘을 상대로 뭘 어쩔 수 있겠냐는 의미였다.

그에 이시다가 김호철을 바라보았다.

"이대로 끝이 아닙니다. 다시 올……."

"오기 전에…… 혜원 누나를 데려다 신의 교단에 관해 조사를 하려고 하는 거죠?"

정민의 말에 이시다가 그를 바라보았다.

"그렇다."

"그럼 신의 교단 사람이면 되는 거지 꼭 혜원 누나가 아니더라도 되잖아요?"

"무슨 말이지?"

"모르는 것 같은데 지금 이 카페, 신의 교단 놈들이 감시하고 있거든요."

정민의 말에 이시다가 급히 문밖을 바라보았다. 그리고 오인수도 놀란 듯 김호철을 향해 말했다.

"그런 보고 내용은 없었는데?"

"이제 와서 생각을 해보면 처음부터 신고하지 말 것을 그랬네요. 밥상 차려 놓으니 숟가락을 얻는 것도 아니고 밥상을 엎으려 하고 있으니."

정민의 중얼거림에 오인수가 그를 힐끗 보고는 이시다를 향해 고개를 돌렸다.

"신의 교단 사람을 소환 조사하는 거라면 혜원 양 말고 여기 감시하는 자들을 잡는 것이 나을 것 같습니다."

"하지만 내가 받은 지시는……."

"지금 상황에서 할 수 있습니까?"

"못할 것도 없습니다."

굳은 얼굴로 데스 나이트를 보는 이시다의 시선에 김호철이 웃었다.

하지만 그 웃음은 차가웠다.

"해보든가."

김호철의 말에 이시다가 굳은 눈으로 그를 보다가 몸을 돌렸다.

"다시 올 것이다."

"그러든가."

몸을 돌려 나가려던 이시다는 자신의 앞을 가로막고 있는 웨어 라이온을 보고는 김호철을 돌아보았다.

그 시선에 김호철이 손가락을 튕겼다.

탁!

파지직! 파지직!

김호철의 신호에 웨어 라이온들이 그의 몸으로 흡수되었다. 그 모습을 본 이시다가 김호철을 보다가 몸을 돌려 밖으로 나갔다.

딸랑!

문이 닫히는 것을 본 오인수가 김호철을 바라보았다.

"이런 말하기 그렇지만…… 다시 오게 될 때는 블러드 나이트, 당신도 어쩔 수 없을 거요."

스윽!

자신을 보는 김호철을 보며 오인수가 말했다.

"일본과 우리나라는 범죄인 양도 협약이 되어 있으니 일본 정부에서 요구하면 한국 정부 SG들이 혜원 양을 데리러 오게 될 겁니다."

잠시 말을 멈췄던 오인수가 김호철을 보며 말을 이었다.

"혜원 양이 있는 곳을 모른다면 모를까."

오인수의 말에 정민의 눈이 반짝였다.

"그 말은……."

"혜원 양이 있는 곳을 알고 있는 이상 SG들이 오게 될 겁니다."

"혜원이를 잡으려고 하면 내가……."

김호철의 말을 정민이 끊었다.

"그렇군요. 노력은 해야 한다는 거군요."

"후! 그나마 내 말을 이해하는 사람이 하나는 있군."

오인수가 정민을 보다가 김호철을 향해 말했다.

"오늘 세 시까지는 SG들이 모일 겁니다. 그럼……."

오인수의 말에 정민이 급히 말했다.

"예를 들어 일본 정부의 범인 양도 협약을 피할 방법은 없습니까?"

"법이라는 것이 어떻게 다루느냐에 따라 다르겠지만…… 일본 정부의 요구는 일본 국적을 가진 히로미 양을 인도해 달라는 것. 예를 들어 일본 국적이 아니라면 히로미 양에 대한 일본 사법권은 무효가 되겠지."

정민이 자신의 말을 이해했나 잠시 보던 오인수가 몸을 돌렸다.

"옛날에는 사람들이 정치적 망명을 많이 갔는데…… 요즘은 어떤지 모르겠네."

혼잣말을 중얼거리며 오인수가 문을 열며 말했다.

"다시 올 때는 히로미 양을 데려가게 될 겁니다."

딸랑!

문을 닫고 사라지는 오인수의 뒷모습을 잠시 보던 김호철이 정민을 향해 고개를 돌렸다.

"오인수 저자, 지금 우리 도우려는 거지?"

김호철의 말에 잠시 생각을 하던 정민이 고개를 끄덕였다.

"나중에 오 검사님한테 형이 밥 한번 사야겠네요."

그러고는 정민이 말했다.

"오 검사님 말은 혜원 누나가 여기에 없으면 된다는 거예요. 범인 양도 협약이 있으니 찾는 시늉은 해야겠지만 일단 눈앞에 없으면 데리고 갈 방법이 없으니까요."

"망명은?"

"피하는 것도 한두 번이에요. 일본 국적을 포기하면 일본에서 혜원 누나 신변을 양도해 달라 요청할 권한이 없어요."

그러고는 정민이 김호철을 향해 말했다.

"일단 형은 누나하고 칸노 씨들을 데리고 어딘가로 가 있어요."

"난 그놈들이 무섭지 않아."

김호철의 말은 사실이다. 전에 SG들과 게이트를 처리하느라 그들의 힘을 알고 있었다.

그래서 이삼십 명 정도가 달려들어도 이길 자신이 있었다. 그런 김호철을 향해 정민이 한숨을 쉬었다.

"그럼 SG들 죽일 거예요?"

"그건……."

"그들도 누구 형제고, 아빠고, 자식이에요. 죽이지 않아도 될 일을 죽여서 풀 거예요?"

정민의 말에 잠시 있던 김호철이 몸을 돌렸다.

"펜션에 가 있을게."

"그렇게 하세요. 저는 변호사를 통해 망명 절차에 대해 알아보고 진행할게요."

7장
호철, 분노하다

펜션 마당에 김호철과 혜원, 그리고 칸노와 코지로를 태운 가고일이 내려섰다.

탓!

가볍게 가고일에게서 내린 김호철이 혜원을 바라보았다.

"괜찮아?"

가고일을 처음 타는 혜원이 걱정된 것이다.

"괜찮아요."

그리고는 혜원이 주위를 보고는 펜션을 바라보았다. 펜션의 외관은 전에 왔을 때에 비해 깔끔하게 정리가 되어 있었다.

펜션을 부수고 집을 지으려던 김호철은 오현철이 이곳을

쓸 수도 있다는 생각에 인부들을 고용해 청소를 해놓게 한 것이다.

"청소는 해놓게 했는데 어떤지 모르……."

"오빠!"

펜션을 보던 김호철은 옆에서 갑자기 들리는 소리에 놀라 고개를 돌렸다.

그곳에는 처녀 귀신이 있었다.

"깜짝이야."

"놀라기는……. 언니, 오랜만."

처녀 귀신의 인사에 혜원이 미소를 지었다.

"그래, 오랜만이네."

처녀 귀신을 보며 미소를 지어준 혜원이 코지로를 향해 고개를 돌렸다. 코지로는 어느새 그녀의 옆에 선 채 처녀 귀신을 경계하고 있었다.

"이곳에는 귀신이 많이 나타나요. 적이 아니니 경계를 하지 않아도 돼요."

혜원의 말에 코지로가 작게 고개를 숙이고는 뒤로 물러났다. 그 모습을 보며 김호철이 펜션으로 걸음을 옮겼다.

"안으로 들어가자."

김호철의 말에 처녀 귀신이 앞서서 걸어갔다. 그 모습에 김호철이 눈을 찡그렸다.

"너는 왜 가?"

"오빠 없는 동안 내가 여기 관리해 줬는데 무슨 말을 그렇게 해요."

"관리를 네가 해?"

"그럼요. 여기 산짐승이 얼마나 많은데요. 멧돼지부터 노루까지……. 거기에 저런 집은 관리를 안 해주면 쥐들이 바글바글해진다고요."

그러고는 앞장서서 펜션에 간 처녀 귀신이 문을 열었다. 그런 처녀 귀신의 모습에 고개를 저은 김호철이 손을 들었다.

파지직! 파지직!

김호철의 손에서 뿜어진 뇌전이 가고일과 웨어 울프들을 만들어냈다.

"너희는 이곳으로 누군가 다가오면 와서 알려줘. 먼저 공격은 하지 말고."

김호철의 말에 가고일이 하늘을 날아올랐고 웨어 울프들은 빠르게 숲으로 사라졌다. 그리고 웨어 라이온과 나가를 소환한 김호철이 펜션 주변을 지키게 했다. 그렇게 주변 경계를 마무리한 김호철이 펜션 안으로 들어갔다.

펜션 안은 깨끗했다. 아무것도 없어서인지 더 깔끔하게 보였다.

"페인트 칠 좀 하고 가구들 들이면 바로 영업할 수 있겠네."

펜션 안을 둘러본 김호철이 혜원을 바라보았다.

혜원은 코지로가 어디서 주워 온 의자에 앉아 창밖을 보고 있었다.

그런 혜원을 보며 김호철이 다가갔다.

"며칠만 참아."

"여기도 조용하고 좋은데 뭘."

혜원의 말에 김호철이 웃으며 창밖을 바라보았다.

"여기 괜찮지?"

"윤희 언니가 그러는데 여기서 나랑 살려고 산 거라며?"

"응, 여기서 오래오래 같이 살자."

"칫! 나 시집도 안 보내려고?"

"시집은 당연히 보내야지. 좋은 남자만 하나 잡아와. 그러면 오빠가 세상에서 가장 예쁜 신부로 만들어줄 테니까."

김호철의 말에 혜원이 웃으며 그를 보다가 칸노를 향해 고개를 돌렸다.

"여기 어때?"

혜원의 물음에 칸노가 그녀의 머릿결을 빗으며 말했다.

"경치가 아주 좋습니다."

칸노의 답에 가만히 밖을 보던 혜원이 김호철을 바라보았다.

"오빠, 내 부하들 여기서 살아도 돼?"

"네 부하들이면…… 감옥 지키던?"

"응, 그 사람들도 안쓰러운 사람들이야. 그리고 내가 지켜 줘야 할 이들이야."

그녀를 보던 김호철이 고개를 끄덕였다.

"혜원이가 하고 싶으면 하면 돼."

"고마워, 오빠."

김호철의 허락에 혜원이 칸노를 바라보았다.

"지금 다들 어디에 있나요?"

"2집결지입니다."

"낙오자는?"

"1집결지로 이동 중…… 30% 인원이 희생되었습니다."

"……."

칸노의 말에 혜원이 한숨을 쉬었다.

"그렇군요."

"그래도 그 정도면 다행입니다."

2번과 3번의 세력이 동시에 노리는 혜원이니 그 정도 희생 이면 많이 살아남은 것이다.

잠시 생각을 하던 혜원이 입을 열었다.

"나가사키 항구에 기무로라는 배가 있어요. 그 배를 타고 한국으로 들어오라 하세요."

혜원의 말에 코지로가 핸드폰을 꺼내 전화를 걸었다. 그 모습을 보던 김호철이 데스 나이트를 뽑았다.

파지직!

데스 나이트를 갑자기 소환하는 김호철의 모습에 혜원이 의아한 듯 그를 바라보았다.

"마을에 가서 필요한 것 좀 사 올게. 그동안 데스 나이트가 있으니 별일 없을 거야."

그러고는 김호철이 데스 나이트를 바라보았다.

"무슨 일이 있어도 혜원이를 지켜."

"칼 폰 루이스."

김호철의 말에 칼이 혜원의 옆에 자리를 잡았다. 그것을 보며 고개를 끄덕인 김호철이 혜원을 바라보았다.

"금방 다녀올게."

고개를 끄덕이는 혜원을 보던 김호철이 펜션 밖으로 걸음을 옮겼다.

김호철은 정민과 통화를 하고 있었다.

─거기 지낼 만해요?

이곳 펜션으로 들어온 지도 벌써 5일째다. 다행이라면 경치가 좋고 한적해서 시간 때우기 좋다는 것이고, 안 좋다면 심심하다는 것 정도?

"그렇지 뭐. 그쪽은?"

─일본 놈들이 SG 데리고 몰려왔다가 형하고 누나 없다고 하니까. 막 뒤지려고 하더라고요.

"그래서?"

─천수 형이 영장 가지고 와서 날뛰는 거냐고, 아니면 나가라고 막 그랬죠.

"순순히 나가?"

─일본 놈들은 열을 좀 받은 것 같지만 SG들은 시큰둥하게 있다가 그냥 갔어.

"오 검사는?"

─그 사람이 막 들어가려는 일본 놈들을 말렸어요. 영장 없이 들어가면 범죄라고. 아! 그리고 혜원 누나 망명 건 잘 될 것 같아요.

정민의 말에 의하면 능력자 망명은 세계 각국에서 많이 허용하는 추세라고 한다. 게이트를 막기 위해 실력 좋은 능력자는 반드시 필요한 것이다.

단······.

─그런데 한 가지 조건이 있어요.

"조건?"

─2년 동안 SG에 속해 있어야 돼요.

"SG라……. 근데 왜 2년이야?"

—국방의 의무를 수행하라는 거죠. 그것만 되면 능력자 협회장하고 B급 길드 보증만 있으면 망명 절차는 끝.

정민의 말에 김호철이 고개를 갸웃거렸다.

"B급 길드?"

—길드에도 등급이 있어요. 그리고 우리 길드는 인원은 적어도 A급 길드. 길드 보증은 문제없는 거죠.

"다행이다."

—이미 서류는 이쪽에서 준비했고, 마리아 누나가 협회장한테 보증 부탁하러 갔어. 전에 우리가 협회장 일 도와준 것도 있으니 부탁을 거절하지 못할 거예요.

"그럼 우리 올라가도 돼?"

—일단 보증 받고 난 후에 올라오세요. 혹시라도 망명 절차 끝나기 전에 일본 놈들한테 걸리면 SG들이 보고만 있을 수는 없을 테니까요.

"알았다."

전화를 끊은 김호철이 혜원에게 들은 것을 설명해 주었다. 그 이야기를 들은 혜원이 한숨을 쉬었다.

"SG에서 2년……."

"하기 싫으면 안 해도 돼."

"그게 조건이라면서."

"너 말고 내가 SG에 들어간다고 하면 돼."

"오빠가?"

"내가 강한 건 SG도 아니까. 그들도 거절하지 않을 거야."

SG와 몇 번 게이트를 처리했다. 그리고 위기에 처한 SG들도 구한 적이 있고……

자신이 어떠한 사람인지 이미 보고서가 들어갔을 테니 혜원이보다 자신을 더 영입하고 싶을 것이다.

그런 김호철을 보던 혜원이 고개를 저었다.

"아니, 이건 내가 할게."

"네가?"

"내 부하들도 이제는 일본에서 살기 힘들어. 망명을 해야해. 그렇다면 차라리 한국 정부에 단체로 망명을 하겠어."

"단체라……"

혜원의 말에 김호철이 그녀를 보다가 슬쩍 창밖을 바라보았다. 창밖에는 사람들이 모여 분주하게 움직이고 있었다.

뭔가를 땅에 심고 나무에 이상한 종이들을 붙이고 있는 사람들……

그들은 어제 도착한 혜원의 부하였다. 그들은 도착하자마자 이렇게 자지도 않고 펜션 주위에 결계를 펼치고 있었다.

"결계라……"

김호철이 사람들을 볼 때 혜원이 몸을 일으켰다.

"결계가 거의 다 됐네요."

"그래?"

혜원이 펜션 밖으로 나가자 사방에 퍼져 있던 사람들이 일사분란하게 모였다.

코지로가 반지 두 개를 내밀었다. 반지를 받은 혜원이 하나를 손에 끼고는 다른 하나는 땅에 묻었다.

툭툭툭!

손으로 가볍게 반지 묻은 땅을 두들긴 혜원이 정신을 집중했다.

화아악!

혜원의 몸에서 뿜어진 우윳빛 마나가 그녀가 끼고 있는 반지에 스며들기 시작했다.

화아악! 화아악!

그리고 반지에 깃들었던 마나가 다시 땅속으로 스며들기 시작했다.

우우웅! 우우웅!

땅속에 마나가 스며들자 주위의 마나 기운들이 변하기 시작했다.

"휴우!"

몸을 일으킨 혜원이 김호철을 바라보았다.

"결계가 완성이 되었어요. 지금 이 안에 있는 사람과 몬스터들은 결계의 영향을 받지 않겠지만 그렇지 않은 존재는 제 능력에 영향을 받을 거예요."

"능력의 영향이라면 고통?"

"네."

"사무소 사람들도 못 들어오는 거야?"

"이 반지로 결계를 열고 닫는 것이 가능해요. 그러니 열렸을 때 들어오면 괜찮아요."

손에 낀 반지를 보여준 혜원이 김호철에게 말했다.

"내 사람들과 잠시 할 이야기가 있는데……."

자리를 비워 달라는 혜원의 말에 김호철은 조금 서운함을 느꼈다.

하지만…….

'부하들과 앞으로 일을 상의도 해야겠지.'

그런 생각을 한 김호철이 고개를 끄덕였다.

"그럼 음식 재료라도 사 가지고 올게."

"아! 술도 좀 사다 주세요."

"술?"

"긴장을 좀 풀어주고 싶어요."

"알았어."

고개를 끄덕인 김호철이 하늘을 바라보았다. 그러자 하늘에서 가고일이 날아왔다.

화아악!

가고일이 날아오는 것에 혜원이 결계를 풀었다.

탓!

가볍게 땅에 내려서는 가고일에게 안긴 김호철이 손을 내밀었다.

파지직!

데스 나이트가 나타나자 김호철이 말했다.

"혜원이 잘 지켜."

"칼 폰 루이스."

고개를 숙이며 답을 하는 칼을 보며 김호철의 가고일이 날아올랐다.

펄럭! 펄럭!

"일이 생기면 바로 전화해."

"알았어요."

인근 마을에 위치한 마트에서 김호철은 장을 보고 있었다.

'술은…… 소주면 되려나?'

소주병을 집던 김호철이 고개를 저었다.

"사람도 많은데……."

작게 중얼거린 김호철이 마트 카트에 소주 페트병 여섯 개를 집어넣고는 맥주도 몇 상자를 집어넣었다.

술만 잔뜩 산 김호철이 주위를 보다가 정육 코너에서 질 좋은 한우 등심과 삼겹살을 한가득 샀다.

"음료수도 사야겠지?"

음료수 코너로 가서 음료수 박스를 보던 김호철이 입맛을 다셨다. 이미 술과 고기로 카트가 가득 찬 것이다.

그에 김호철이 주위를 둘러볼 때 점원이 급히 다가왔다.

"뭐 도와드릴까요?"

"음료수 좀 사려고 하는데 카트가 꽉 찼네요."

"어떤 것을?"

"흠…… 콜라 한 박스, 사이다 한 박스, 그리고 이거하고 이거 한 박스씩."

눈에 보이는 과일 음료수 몇 개를 더 말을 하자 점원이 어디서 카트 하나를 가져다 음료수들을 실었다.

"어디 회사에서 야유회라도 오셨나 봐요."

"그럼 셈이네요."

친절하게 점원이 카트를 밀고 계산대까지 밀어주고는 말했다.

"그런데 혼자 오셨어요?"

"네."

"이 많은 것을 어떻게 다 가져가시려고……."

'사람은 나 혼자지만 몬스터가 있으니까.'

라는 생각을 하며 김호철이 계산을 했다. 금액은 175만 원…….

'역시 한우가…….'

비싸다는 생각을 할 때 순간 건물의 불이 번쩍였다.

파파팟!

순간 마트 전등이 터져 나갔다.

"꺄악!"

갑작스러운 상황에 계산을 하던 여직원이 놀라 비명을 지르며 주저앉았다.

김호철이 이게 뭔 일인가 싶어 고개를 들 때 천장에서 뇌전이 떨어졌다.

파지직!

자신의 몸에 떨어지며 흡수되는 뇌전…… 익숙한 현상이었다.

'몬스터가 죽어?'

펜션 주위를 경계하게 한 몬스터 중 하나가 죽어 돌아온 것이다.

그리고 그 말은…….

'습격?'

그것을 안 김호철이 번개처럼 마트 밖으로 뛰어나갔다.

"가고일!"

파지직!

뇌전이 되어 흩어지며 사라지는 웨어 울프를 보며 일본 감찰국 소속 이시다가 급히 말했다.

"몬스터 소환사 놈이 눈치를 챘을 거다. 서둘러!"

이시다의 외침에 웨어 울프를 죽인 자가 검을 허공에 한 번 휘두르고는 빠르게 앞으로 뛰어나갔다.

파앗!

그리고 그 뒤를 마찬가지로 검과 총을 든 자들이 빠르게 쫓아 내달리기 시작했다.

그 수는 열 명…….

하나같이 B급 몬스터 정도는 쉽게 상대할 수 있는 일본 감찰국 소속의 정예 능력자들이었다. 이시다는 한국 SG들이 김혜원 체포에 협조적이지 않자 일본에서 감찰국 능력자들을 불러들인 것이다.

거기에 행복 사무소에서 김혜원의 망명 절차를 진행하는 것을 알았다. 그 사실에 이시다는 시간이 없음을 알았다.

그에 혜원을 찾기 위해 조사를 시작했는데, 생각보다 위치 추적이 너무 쉬웠다. 김호철의 재산 목록에서 찾아낸 이 펜션과 일본 대사관 IT 팀에서 잡아낸 김호철의 핸드폰 위치가 동일하게 나온 것이다.

타타탓!

빠르게 뛰어가는 능력자들 앞에 숲에서 몬스터들이 튀어나왔다.

"크아악!"

괴성을 지르며 나타나는 몬스터들의 모습에 능력자들이 갈라졌다.

그리고 빠르게 도륙되는 몬스터들…….

능력자들이 강해서만은 아니었다. 김호철의 몬스터들은 같은 몬스터에 비해 더 강하다. 다른 몬스터에게는 없는 뇌전이라는 속성이 있으니 말이다. 하지만…….

김호철이 내린 명령.

"너희는 이곳으로 누군가 다가오면 와서 알려줘. 먼저 공격은 하지 말고."

이 명령에 따라 침입자가 나타난 것을 확인한 몬스터들이 몸을 돌렸다. 김호철에게 이 사실을 알리기 위해…….

파앗!

웨어 라이온의 몸이 갈라지며 뇌전이 되어 사라졌다. 그렇게 나타나는 몬스터들을 족족 썰어버리며 내달리는 일본인들의 눈에 곧 펜션이 보였다.

파앗!

수풀을 뚫고 나온 일본인들의 얼굴이 굳어졌다.

"수가?"

많았다. 그에 놀란 일본인들이 이시다를 바라보았다. 그들이 받은 지시는 신의 교단에 속한 14번을 체포하는 것…….

그리고 그것을 막으려는 김호철이라는 몬스터 소환술사를 상대하는 것이지 이렇게 많은 사람을 상대하는 것이 아니었다.

능력자들의 시선에 이시다가 펜션 쪽을 보다가 눈이 반짝였다. 사람들 속에서 혜원의 모습을 발견한 것이다.

그에 이시다가 소리쳤다.

"저 여자다! 잡아!"

이시다가 외치며 혜원을 가리키자 능력자들이 앞으로 뛰어나갔다.

파앗!

사람이 많아 긴장을 하기는 했지만 능력자들은 겁을 먹지는 않았다. 그들은 총리 직속 감찰부에서도 정예 전투 능력자인 것이다.

파앗!

그런데…….

펜션을 향해 뛰어가던 선두 능력자 둘이 그대로 자빠지며 괴성을 질러댔다.

"크아아아악!"

"으아아아악!"

혜원이 펼쳐 놓은 결계를 넘은 것이다. 온몸을 바들바들 떨어대며 비명을 질러대는 능력자의 모습에 달려가던 능력자들이 급히 멈췄다.

탓! 탓!

급히 멈춘다고 멈췄지만 능력자 한 명은 미처 속도를 늦추지 못하고 결계에 닿았다.

그리고…….

"크아악!"

귀가 찢어질 듯 비명을 질러대는 능력자의 모습에 이시다의 얼굴이 굳어졌다.

"대체?"

지금 능력자들은 능력뿐만 아니라 일본 고유 무술과 군사 훈련을 수료한 자들……. 어지간한 고통은 웃으며 감당할 수 있는 이들이다.

그런데 이 무슨 비명이란 말인가?

놀란 눈을 하고 있는 이시다의 옆에 능력자 한 명이 다가와 말했다.

"결계인 모양입니다."

"결계?"

"감지 능력자가 있었다면 알았을 텐데……. 실수입니다."

능력자의 말에 이시다의 얼굴이 굳어졌다. 데스 나이트와의 싸움을 대비해 전투에 특화된 능력자만을 지원받았다.

'제길! 감지 능력자 하나 정도는 지원받았어야 했는데…….'

속으로 중얼거리며 이시다가 말했다.

"뚫어."

이시다의 말에 능력자들이 무기를 뽑아 들었다.

채채챙!

무기를 뽑아 든 능력자들이 결계를 향해 무기를 휘둘렀다. 그런데…….

결계가 있을 거라 짐작되는 곳에 걸리는 것이 없었다. 분명 결계가 있어야 할 자리다.

그런데 걸리는 것이 없다?

그에 능력자들이 슬며시 쓰러져 있는 능력자들을 손으로 잡아당겼다.

스으윽! 스으윽!

쓰러진 능력자를 잡아당기는 그들에게 혜원이 다가갔다.

"결계는 풀었습니다."

혜원의 말에 이시다가 그녀를 보다가 소리쳤다.

"멍청한! 잡아!"

이시다의 외침에 쓰러진 능력자 셋을 제외한 일곱이 혜원을 향해 쏘아져갔다.

파앗!

그에 혜원이 걸음을 멈췄다. 그리고 혜원을 대신해 움직인 것은 코지로와 그녀 뒤에 있던 호위대였다.

파파팟!

이시다의 능력자와 혜원의 호위대가 맞붙었다.

채채채챙! 채챙!

맹렬하게 검을 부딪치며 싸우기 시작하는 사람들을 뒤로 하고 혜원은 이시다에게 다가갔다.

"처음 뵙겠습니다. 김혜원입니다."

정중하게 고개를 숙이는 혜원의 인사에 이시다가 슬쩍 싸우고 있는 능력자들을 바라보았다. 누군가는 상대를 압도하고 있었지만, 누군가는 밀리고 있었다.

'이놈들…… 강하다.'

굳은 얼굴로 싸움을 보던 이시다가 혜원을 향해 말했다.

"총리대신 직속 감찰부 소속 이시다. 순순히 본국으로 압송된다면……."

압송이라는 말에 혜원이 웃으며 싸우고 있는 이들을 바라보았다.

이시다 측 능력자들은 빨랐다. 그리고 강했다. 하지만……

이미 둘이 제압이 되어 쓰러져 있었다. 자신의 호위대가 질 것이란 생각은 들지 않았지만 그들이 이긴다 해도…….

혜원이 슬쩍 자신의 뒤를 바라보았다. 그녀의 뒤에는 데스 나이트가 듬직하게 서 있었다.

데스 나이트가 받은 명령은 혜원을 지키라는 것. 혜원에 대한 실질적인 위협이 없어 움직이지 않지만 저들이 그녀를 공격한다면 나설 것이다.

데스 나이트와 호위대들을 보던 혜원이 이시다를 바라보았다.

"아실지 모르지만 이들은 제 부하예요. 저 뒤에 있는 이들 역시 제 부하…… 모두 능력자예요."

혜원의 말에 이시다의 얼굴이 굳어졌다.

'저 수가 모두 능력자…….'

그것도 모두 14번, 혜원의 부하라니…….

놀라 굳은 이시다를 보며 혜원이 입을 열었다.

"그리고…… 저 혼자서 이 모두를 상대할 수 있어요."

쿵!

혜원의 말에 이시다의 얼굴이 일그러졌다.

"미…… 믿을 수가 없다."

"믿고 말고는 이시다 상의 선택이겠죠. 하지만…… 지금 저한테 집중할 시간이 있나요? 일본 내에는 저 같은 사람이 열 명이 넘게 있는데?"

스윽!

이시다가 굳어 있을 때 혜원의 옆에 코지로가 다가왔다.

"제압했습니다."

혜원의 말에 이시다가 놀라 고개를 돌렸다. 그리고 이시다
의 얼굴이 일그러졌다. 어느새 그가 데리고 온 능력자가 모
두 쓰러져 있는 것이다.

"이게……."

놀란 눈을 하고 있는 이시다를 보며 혜원이 입을 열었다.

"모든 신의 아이는 이 정도 호위들을 데리고 있어요."

"그래서…… 어쩌자는 거냐?"

"나를 더 이상 귀찮게 하지 말아요. 그렇게 한다면 내가
아는 정보들을 말해주겠지만 그렇지 않다면……."

스으윽!

혜원의 신호에 호위들이 쓰러져 있는 일본인들의 목에 검
을 들이밀었다.

그 모습에 이시다가 굳은 얼굴로 그녀를 바라보았다.

"우리는 일본 정부의 요원들이다. 우리를 죽이면……."

"죽이든 죽이지 않든 어차피 다시 찾아올 것 아닌가요?"

"그건……."

"그렇다면 차라리 여기서 꼬리를 끊는 것도 낫겠죠."

"으득!"

이시다가 슬며시 허리춤으로 손을 가져갔다.

"쓸데없는 짓……."

고개를 저은 혜원이 이시다를 바라보았다.

"커억!"

혜원의 시선에 이시다가 바들바들 떨며 그대로 쓰러졌다.

비명을 지를 수도 없을 정도로 자신의 전신을 덮치는 고통에 이시다가 입을 꽉 다문 채 몸을 떨어대기 시작했다.

"으으윽!"

입을 꽉 다문 채 신음을 흘리는 이시다를 보던 혜원이 눈을 감았다. 그제야 몸을 떨던 이시다의 몸이 멈췄다.

"우엑!"

쓰러진 상태로 토를 하기 시작하는 이시다를 보던 혜원이 입을 열었다.

"저에게 신경 쓰지 마세요."

혜원의 말에 이시다가 고개를 들었다. 그의 얼굴에는 자신이 토한 토사물로 온통 범벅이 되어 있었지만 그는 그것을 느끼지 못했다. 오직 혜원과 신의 아이들에 대한 공포감이 떠오를 뿐이었다.

'신의 아이……. 괴물…… 몬스터다.'

펄럭! 펄럭!

빠르게 날개를 펄럭이는 가고일에게 안긴 김호철은 속이 타들어 갔다.

펜션으로 날아가는 사이에도 그에게 몬스터들의 마나가 흡수가 된 것이었다.

'신의 교단 놈들이 쳐들어온 건가?'

너무나 빠르게 흡수되어 오는 몬스터들의 기운은 그들이 빠르게 제거되고 있음을 의미한다. 그리고 그 말은 펜션을 공격해 온 놈들이 강하다는 것…….

그나마 다행인 것은 데스 나이트의 기운은 아직 돌아오지 않았다는 것이다.

"더 빠르게!"

김호철의 외침에 가고일이 더욱 빠르게 날아가기 시작했다. 그렇게 빠르게 날아 펜션이 있는 곳에 다가가던 김호철의 눈에 사람들이 보였다.

거리가 멀어서 제대로 보이지는 않지만 쓰러져 있는 사람들과 그들에게 검을 대고 있는 이들, 그리고 데스 나이트를 뒤에 두고 서 있는 혜원이의 모습까지…….

파앗!

그대로 가고일의 몸에서 뛰어내린 김호철이 정신을 집중했다.

"합체!"

김호철의 외침에 그의 몸에서 데스 나이트 다니엘의 갑옷이 빠르게 나타나기 시작했다.

화아악!

철컥! 철컥!

순식간에 데스 나이트와 합체를 한 김호철이 땅에 떨어졌다.

쾅!

높은 곳에서 떨어진 만큼 커다란 소리를 내며 떨어진 김호철이 혜원의 옆에 훌쩍 뛰어내렸다.

쿵!

"괜찮아?"

김호철의 말에 혜원이 고개를 끄덕였다.

"일본 정부일 뿐이에요."

별것 아니라는 혜원의 말에 김호철이 쓰러져 있는 이시다를 바라보았다.

"이시다, 이 개새끼가……."

쿵! 쿵!

묵직한 소리를 내며 이시다에게 다가간 김호철이 그를 번쩍 치켜들었다.

"커억!"

신음을 토한 이시다가 자신의 목을 잡고 있는 김호철의 손을 잡았다.

"김…… 호철?"

데스 나이트 갑옷 안에서 김호철의 목소리가 들리니 놀란 것이다.

그런 이시다를 보며 김호철이 투구를 들어 올렸다.

"죽고 싶나?"

"크으윽!"

신음을 토하는 이시다를 보며 김호철이 더욱 크게 손을 들어 올렸다.

"이 새끼…….."

김호철의 행동에 혜원이 다가와 그를 잡았다.

"죽이면 안 돼."

"왜 안 돼?"

김호철의 말에 혜원이 그를 보다가 고개를 저었다.

"더 이상…… 사람 죽이기 싫어."

혜원의 말에 김호철의 얼굴이 굳어졌다.

'더 이상…… 죽이기…… 싫어?'

그 말이 무슨 의미인지 아는 것이 싫었지만…… 김호철은 그 말이 무슨 의미인지 알았다.

혜원의 말에 잠시 굳어 있던 김호철이 이시다를 내려놓았다.

툭!

이시다와 그 부하들은 펜션 안에 앉아 있었다. 맨바닥에 앉아 있는 그들을 보며 혜원이 입을 열었다.

"여러분이 저에게 원하는 것은 신의 교단의 정보가 아닌 가요?"

혜원의 말에 이시다가 굳은 얼굴로 그녀를 바라보았다. 그 모습에 김호철이 해머를 들었다.

"답 안 해!"

김호철의 버럭 하는 목소리에 이시다는 그저 혜원을 노려볼 뿐이었다. 그 모습에 혜원이 코지로를 향해 고개를 돌렸다.

"핸드폰 가져오세요."

혜원의 말에 코지로가 이시다에게 다가갔다. 그에 이시다가 벌떡 일어나려 했다. 하지만 그의 몸은 그대로 굳어졌다. 뒤에 있던 혜원의 부하 둘이 그를 향해 손을 내민 것이다.

"크으윽!"

속박 능력에 몸이 굳어진 이시다에게 다가간 코지로가 그 몸을 뒤졌다. 그리고 그 몸에서 핸드폰을 찾은 코지로가 혜원에게 그것을 내밀었다.

핸드폰을 만지작거리던 혜원이 이시다를 바라보았다.

"오늘 전화 통화를 한 사람이 야마 상이네요. 아마 저에 대한 상황을 보고하고 지시를 받은 것이겠죠."

말과 함께 혜원이 통화 버튼을 눌렀다.

─이시다.

전화 너머에서 들려오는 말에 혜원이 일본어로 뭐라 대화
를 나누기 시작했다.

알아듣지 못할 일본어를 구사하는 혜원을 보던 김호철이
쓰러져 있는 일본인을 내려다보았다.

'쌍놈의 새끼들…….'

혹시라도 이놈들이 혜원이를 잡아갔다면…… 끔찍했다.
어떻게 만난 혜원인데.

이시다를 보던 김호철이 옆에 서 있는 코지로를 바라보
았다.

"혜원이를 지켜주셔서 감사합니다."

김호철의 말에 코지로가 힐끗 그를 보고는 작게 고개를 숙
였다.

말이 없는 코지로를 보던 김호철이 주위에 있는 호위대를
바라보았다.

'이들이 강해서 다행이구나.'

속으로 중얼거리며 이들에게 더 잘해줘야겠다는 생각을
하던 김호철은 혜원이가 전화를 이시다에게 건네는 것이 보
였다.

"그래도 돼?"

김호철의 물음에 혜원이 고개를 끄덕였다.

"이시다 상 의외로 높은 분의 명령을 받고 있더군요. 지금 전화를 받은 사람은 총리대신의 비수라 불리는 내각관방 장관이에요."

"내각관방 장관?"

"한국으로 치면 국무총리예요."

"총리 직속인데 왜 내각관방 장관이 전화를?"

"내각관방 장관은 총리의 측근이 맡으니까요. 내각관방 장관이 총리 직속이라 보면 돼요."

말을 하던 혜원이 이시다를 바라보았다. 공손히 전화를 받던 이시다가 혜원을 바라보았다. 그러고는 잠시 있다가 전화기를 혜원에게 내밀며 몸을 일으켰다.

"이야기는 다 하셨나요?"

혜원의 말에 그녀를 보던 이시다가 고개를 끄덕였다.

"준비를 하고 오겠다."

"그렇게 하세요."

말과 함께 이시다가 부하들을 향해 고개를 돌렸다.

"간다."

이시다의 말에 부하들이 주위를 경계하며 몸을 일으켰다. 그것을 보며 혜원이 코지로에게 고개를 돌렸다.

"무기 돌려주세요."

혜원의 말에 한 번쯤 위험하다는 조언을 할 만도 하지만 코지로는 말없이 발밑에 쌓아 놓은 검들을 집어 휙 하고 던졌다. 코지로가 던진 검들이 허공을 돌며 능력자들 앞으로 날아갔다.

타타탓!

검들을 낚아챈 능력자들이 이시다를 바라보았다. 이시다의 명령이 있다면 다시 싸울 생각인 듯이…….

하지만 이시다는 고개를 저었다.

"간다."

이시다가 몸을 돌려 펜션 밖으로 나가자 능력자들이 그 뒤를 따라갔다. 그런 이시다를 따라나가 그가 펜션 밖으로 사라지는 것까지 확인을 한 김호철이 혜원에게 돌아왔다.

"왜 저들을 보낸 거야? 일이 잘된 거야?"

"저들이 원하는 것은 제가 아니라 신의 교단과 그들과 관련된 일본 내각에 대한 정보예요. 그래서 저를 데려다 심문을 하려던 것이에요."

"그래서?"

"심문을 받겠다고 했어요."

"안 돼!"

김호철의 단호한 말에 혜원이 웃으며 고개를 저었다.

"후! 일본에 가겠다는 말이 아니에요."

"일본에 안 가?"

"어차피 그들이 제 얼굴 보려고 저를 데려가겠다는 것은 아니니까요. 심문은 여기서 이뤄질 거예요."

"여기?"

"화상 통화를 통해 일본과 연결할 거예요."

"아……."

그렇다면 문제될 것이 없다. 떨어질 일은 없으니 말이다.

"그리고 일본에서 저에 대한 영장을 취소할 거예요."

"그건 다행이네."

"그러니 굳이 한국에 망명을 할 필요는 없을 것 같아요."

"그것도 다행이네."

망명 조건이라 어쩔 수 없다 해도 SG에 혜원이 2년이나 굴러야 한다는 것은 내키지 않았던 것이다.

잠시 생각을 하던 김호철이 아차 싶었다.

"아! 고기!"

이미 계산까지 다 한 고기와 물건들을 가게에 그냥 두고 왔던 것이다.

8장
대규모 망명 절차

　펜션의 앞에는 트럭이 한 대 서 있었다. 트럭 위에 달려 있는 커다란 위성 안테나를 보던 김호철이 앞을 바라보았다.

　의자에 혜원이 앉아 있었고 그녀를 방송국 카메라가 촬영을 하고 있었다. 그리고 혜원의 앞에는 커다란 TV 한 대가 놓여 있었다.

　TV에서는 중년의 남자가 일본어로 뭐라 말을 하고 있었고, 혜원은 그 질문에 역시 일본어로 답을 하고 있었다.

　'뭐라고 하는지를 알아야 뭔 내용인 줄 알지.'

　묻는 사람이나 답하는 사람이나 모두 일본어로 말을 하니 김호철은 그들이 무슨 이야기를 나누는지 알 수가 없었다.

　그에 답답함을 느낀 김호철이 주위를 바라보았다. 주위에는 혜원의 부하들과 이시다가 있었다.

이시다는 가끔 수첩에 뭔가를 적고 있었고 혜원의 부하들은 그녀가 하는 이야기를 유심히 듣고 있었다.

이 자리에서 혜원이 하는 말을 알아듣지 못하는 사람은 김호철이 유일한 것이다.

그렇게 한참을 TV 속 남자와 대화를 하던 혜원이 문득 눈을 찡그렸다. 그러고는 화가 난 얼굴로 뭐라 뭐라 소리를 치고는 몸을 일으켰다.

그러자 TV에서 나오던 남자가 큰 소리로 뭐라 소리를 질렀다. 그에 혜원이 TV를 쏘아보았다.

쾅! 파지직!

혜원의 시선에 TV가 그대로 폭발을 하며 파편을 사방으로 튀었다.

그 모습에 김호철이 혜원에게 급히 다가갔다.

"혜원아, 왜 그래?"

김호철의 말에 혜원이 이시다를 향해 고개를 돌렸다.

"이시다……."

말을 하던 혜원이 김호철을 한 번 보고는 다시 말했다.

"지금 이 이야기 알고 있었나요?"

김호철을 생각해 한국어로 말한 혜원의 물음에 이시다가 고개를 끄덕였다.

"알고 있었습니다."

"제가 승낙할 것이라 생각을 했나요?"

"……."

답을 하지 않던 이시다가 손을 들었다. 그러자 부서진 TV를 사람들이 치우고는 새로운 TV를 설치하기 시작했다.

그 모습에 혜원이 눈을 찡그리며 다시 TV를 바라보았다.

쾅!

TV가 산산이 터져 나가는 것을 보던 이시다가 혜원을 바라보았다.

"싫다면 싫다 확실하게 답을 하는 것이 좋을 겁니다."

이시다의 말에 김호철이 혜원을 바라보았다.

"무슨 일이야? 저놈들이 뭐래?"

김호철의 물음에 혜원이 그를 보고는 입을 열었다.

"총리 직속 감찰부에 들어오래요."

"들어와?"

"감찰부 소속의 능력자가 되라는 것이죠."

"그게 뭔 소리야? 잡아가려고 할 때는 언제고?"

놀라 묻는 김호철을 보며 혜원이 이시다를 힐끗 보고는 입을 열었다.

"감찰부에서 보낸 능력자들이 제압을 당한 것을 보고 우리들을 보내기 싫은 모양이에요. 게다가 우리는 신의 교단을 떠난 사람들이라 더욱."

"그래서? 일본으로 돌아와라?"

"네."

혜원의 말에 김호철이 피식 웃었다. 무슨 말인지 이해를 했다. 능력자는 몬스터를 상대하는 것 외에도 많은 것이 가능하다. 그런 존재 수십 명이 외국으로 나가는 것은 일본 정부로서 좋은 일이 아닌 것이다.

김호철이 이시다를 바라보았다.

"TV 다시 설치해."

김호철의 말에 이시다가 신호를 주자 사람들이 TV를 다시 설치하기 시작했다.

"마지막 TV이니 부수지는 말아주십시오."

이시다의 말에 김호철이 웃으며 고개를 끄덕였다.

"알았다."

TV가 다시 설치되자 화면이 곧 켜지고는 중년인이 모습을 드러냈다.

화가 난 듯 잔뜩 붉어진 중년인을 보며 김호철이 말했다.

"한국말로 하겠어."

김호철의 반말에 이시다가 눈을 찡그렸다. 사실 이 TV에 나오는 사람은 일본 내각관방 장관 토시로였다.

그런 사람에게 반말이라니······.

"말을 하면 제가 통역하겠습니다."

이시다의 말에 고개를 끄덕인 김호철이 중년인 토시로를 보며 말했다.

"뭔 소리 하는 줄 알겠지만 우리 혜원이는 안 가."

김호철의 말에 토시로가 일본어로 뭐라 말을 하기 시작했다.

"당신이 혜원 양의 오빠인 김호철이군."

"그렇다."

"그럼 어떻소."

토시로의 말을 통역하던 이시다가 순간 말문이 막힌 듯 TV를 바라보았다. 잠시 멍하니 있던 이시다가 자신의 실수를 알고는 급히 통역을 해주었다.

"김호철 씨 동생과 함께 일본에 귀화하는 것이 어떻습니까? 최고 대우를 약속하겠습니다."

"귀화?"

"그렇습니다. 지금 한국 정부에서는 김호철 씨에 대해 제대로 된 대우를 해주지 않는 것 같습니다."

"무슨 소리지?"

김호철의 물음에 토시로가 말을 했고 그것을 이시다가 통역을 했다.

"김호철 씨는 최상급의 능력자입니다. 저희가 조사를 한 바에 의하면 그 실력이 본국의 삼도(三刀)와 비할 수 있더군요."

"삼도?"

김호철의 중얼거림에 혜원이가 살짝 말했다.

"삼도라고 일본이 자랑하는 세 명의 검객이에요. 한국으로 따지면 칠장로급이에요."

"아……."

말과 함께 김호철이 토시로를 바라보았다.

"높게 평가하는군."

"아닙니다. 삼도 중 한 명인 무사시 군이 블러드 나이트의 동영상을 확인하고 승부를 가늠하지 못하겠다 했습니다."

'삼도 중 하나라……. 그럼 내가 최상급 능력자가 맞기는 맞나 보구나.'

김호철 자신이 강하다는 것은 알고 있다. 데스 나이트와 같은 몬스터를 다루고 합체까지 하는 자신이 약하다는 것은 말이 되지 않으니 말이다.

하지만 능력자를 많이 만나 보지 못했기에 자신이 능력자들 사이에서 정확하게 어느 정도인지는 알지 못했다. 대충 짐작만 할 뿐.

그런데 지금 일본 최고 능력자라는 삼도 중 하나가 자신과 승부를 가늠하지 못하겠다니……. 그 사실에 작게 웃은 김호철이 입을 열었다.

"그래서 최상급 대우를 해주겠다?"

"지금 김호철 씨는 한국 정부의 능력자에 대한 대우를 어떻게 생각하십니까?"

말이 없는 김호철을 보며 토시로가 말을 했다.

"다른 것은 제외하더라도 지금 김호철 씨 앞에는 저희 일본에서 파견한 능력자들이 있습니다. 그런데도 한국 정부에서는 이런 사실조차도 알지 못합니다."

"한국 정부가 무능하기는 하지."

김호철의 말에 토시로가 미소를 지으며 고개를 끄덕였다.

"우리나라라면 자국 내 최고 능력자를 이렇게 대하지 않습니다. 일본 능력자를 타국의 능력자가 핍박한다? 후! 당장 일본 감옥에서 평생을 살아야 할 것입니다. 동생분과 함께 일본으로 오신다면 일본 최고 능력자로서 대우를 함과 동시에 보호를 해드릴 것입니다."

토시로의 말에 김호철이 그를 보다가 웃었다.

"최고의 대우라……."

웃는 김호철을 보며 토시로가 미소를 지었다.

"어떻습니까?"

"글쎄…… 관심이 가기는 하지만……."

"남자는 자신을 알아봐 주는 이를 위해 죽는다 했습니다. 김호철 씨와 같은 분을 알아주지 못하는 무능한 나라에 계속 살 필요는 없습니다."

토시로의 말에 그를 보던 김호철이 말했다.

"그런데…… 당신 상당히 고위급이라는데 왜 나에게 존댓말을 하는 거지?"

관방장관이 국무총리라면 일인지하 만인지상이 아닌가. 그런데 토시로는 계속 존댓말을 하는 것이다.

그런 김호철의 말에 혜원이 살짝 말했다.

"토시로는 하대를 하고 있어요. 존댓말은 이시다가 하고 있는 거예요."

혜원의 말에 김호철이 이시다를 보자 그가 말했다.

"일부러 말을 바꾼 것이 아니라 통역은 존댓말이 편합니다."

이시다의 말에 김호철이 그를 보다가 고개를 끄덕이고는 말했다.

"그럼 이 말은 어감 그대로 통역해 줘."

잠시 말을 멈춘 김호철이 TV에 나오는 토시로를 보며 입을 열었다.

"한국 정부 무능한 건 너보다 내가 더 잘 알아. 자국 국민을 보호하지 못하는 거? 한두 번이어야 배신감을 느끼지. 하지만……."

잠시 말을 멈춘 김호철이 토시로를 보며 말을 이었다.

"난 그런 한국 정부보다 그걸 이용하려는 네가 더 싫어."

한국 정부보다 자신이 싫다는 말에 토시로가 그를 보다가 웃었다.

"싫다라……. 후! 재밌군요."

그리고 잠시 김호철을 보던 토시로가 입을 열었다.

"좋습니다. 하지만 김호철 씨와 우리들에게는 공동의 적이 있습니다."

"신의 교단."

김호철의 말에 고개를 끄덕인 토시로가 말했다.

"신의 교단과의 싸움에 참여하시지요."

토시로의 말에 김호철이 고개를 저었다.

"내가 세상에서 제일 싫어하는 것이 믿을 수 없는 사람과 일을 하는 건데……. 넌 믿을 수가 없어."

"나는 일국의 장관입니다. 그런데 저를 믿을 수 없습니까?"

"한국에서 살다 보면 장관이 아니라 대통령이 하는 말도 못 믿어."

그러고는 김호철이 토시로를 보며 말했다.

"어쨌든 너희가 궁금한 건 우리 혜원이가 모두 말을 해줬으니 앞으로는 귀찮게 하지 마. 오지도 말고. 이번에는 살려서 보내지만 다시 오면 팔다리 하나는 놓고 가게 될 거다."

"협박하시는 것입니까?"

"협박?"

협박이라는 말에 김호철이 토시로를 보다가 손을 슬쩍 튕겼다.

파지직!

김호철의 손에서 튕긴 뇌전에 TV가 박살이 나며 흩어졌다.

후두둑!

"협박인지 아닌지는 보내보면 알겠지."

부서진 파편이 흩어지는 것을 보던 김호철이 이시다를 바라보았다.

"가."

김호철의 말에 이시다가 그를 보다가 고개를 끄덕였다. 어차피 혜원에게 받아야 할 정보는 다 얻었다. 신의 교단의 위치와 신의 아이들에 대한 정보까지 말이다. 그에 이시다가 신호를 주자 부하들이 방송 장비들을 트럭에 싣고는 떠날 준비를 하기 시작했다.

그런 이시다를 보던 김호철이 문득 말했다.

"혜원이에 대한 소환은 더 이상 없는 거겠지?"

"망명할 것 아닌가?"

"그야 뭐……."

말을 흐리는 김호철을 보던 이시다가 말했다.

"관방 장관께서 직접 혜원 양에 대한 소환 영장을 취소했다."

"오케이…… 그럼 가."

마치 잡상인 쫓는 것 같은 김호철을 보던 이시다가 휙 하니 몸을 돌려서는 부하들과 함께 자리를 벗어났다.

그것을 보던 김호철이 미소를 지으며 핸드폰을 꺼내 정민에게 전화를 걸었다.

"형인데 망명 절차 안 해도 될 것 같아."

-네?

의아해하는 정민에게 있었던 일을 설명을 한 김호철이 말했다.

"일본에서 소환을 풀었으니 망명을 하지 않아도 될 것 같아."

-그래도 귀화 절차는 해야 할 걸요.

"그건…… 그렇네."

생각을 해보니 지금 혜원이는 일본 국적이다. 앞으로 한국에서 살려면 귀화를 하는 것이 편하다.

"알았어. 그럼 그 절차만 좀 알아봐 줄래?"

-그런데 언제 올라오실 거예요?

"글쎄……."

김호철이 잠시 생각을 하다가 말했다.

"여기 정리가 좀 되는 대로 올라갈게."

-알았어요.

그렇게 전화를 끊은 김호철이 혜원과 그 부하들을 바라보았다.

'그나저나 이들을 다 어쩐다.'

소수로 운영이 되는 행복 사무소에 이 많은 사람을 끌고 갈 수는 없다.

그렇다고 이 많은 능력자가 놀고먹는 것도 문제다.

노는 것은 문제가 되지 않아도 먹고사는 것은…… 김호철의 몫이 될 것이니 말이다.

다행이라면 이들이 살 수 있는 집은 펜션으로 해결이 되지만 그들이 먹고살 것은 어떻게든 생각을 해봐야 했다.

'길드라도 하나 차려야 하나?'

여의도 SG 빌딩 앞에 관광버스 한 대가 멈췄다. 그리고 관광버스에서 일단의 사람이 내리기 시작했다.

일사분란하게 내리는 사람들의 앞에는 김호철과 혜원, 그리고 마리아가 있었다.

"가게를 닫게 해서 죄송합니다."

어지간해서는 가게 문을 닫지 않는 것을 아는 김호철의 말에 마리아가 고개를 저었다.

"사무소 직원 편의를 봐주는 것도 소장의 일이죠. 자! 가죠."

마리아가 성큼성큼 걸어 SG 빌딩으로 걸음을 옮겼다. 그런 마리아를 보며 김호철이 혜원과 그 부하들을 이끌고 걸어갔다.

오늘 혜원과 그 부하들의 한국 귀화에 대한 심사와 시험이 이뤄지는 날이었다.

능력자의 귀화는 국가적으로 많은 배려를 했다. 일반인이라면 그 조건이 까다롭지만, 능력자의 귀화는 단 두 가지만을 보았다.

능력이 있는가, 범죄 성향이 있는가.

능력자라고 아무나 받아들였다가 그가 살인마나 범죄를 저지른 자라면 받아들이지 않는 것이다.

그런 면에서 혜원과 그 부하들은 첫 번째는 넘어가도 두 번째에서 걸렸다. 능력은 있지만 신의 교단이라는 일본 범법 집단과 연관이 있으니 말이다.

하지만 이 경우는 좀 특별했다. 능력자 협회 협회장이 보증을 했고 마리아가 보증을 했다.

보증. 책임을 진다는 말이다.

혜원과 그 부하들이 사고를 친다면 한국 능력자 협회 회장과 마리아가 그 사고를 수습을 한다는 것이다.

한국 최고의 능력자 길드 조선의 마스터 백진과 A급 길드 마스터 마리아의 보증에 두 번째 문제는 조금 힘들지만 해결이 되었다.

SG 빌딩 안으로 들어간 김호철이 주위를 둘러보았다. 전에 능력자 시험을 치를 때 오기는 했지만 그때는 바로 시험장으로 들어가서 내부를 본 것은 처음이다.

　SG 빌딩이라 그런지 안에는 SG가 많이 보였다.

　'하긴 SG 빌딩에 SG가 없다는 것이 말이 안 되지.'

　그런 생각을 할 때 마리아가 로비에 있는 안내원에게 다가갔다.

　"행복 사무소 마리아 소장이에요. SG 지원 3팀 고길수 팀장님과 약속이 되어 있어요."

　마리아의 말에 안내원이 미소를 지었다.

　"연락받았습니다. 잠시 기다려 주시면 고길수 팀장님이 내려오실 것입니다."

　안내원의 말에 마리아와 일행들이 잠시 기다리자 한 중년 남자가 급히 뛰어왔다.

　"헉헉헉! 행복 사무소 마리아 소장님이십니까?"

　"고길수 팀장님?"

　"휴!"

　맞다는 것에 숨을 고르는 고길수에 마리아가 웃었다.

　"천천히 오셔도 되는데……."

　"아닙니다. 가시죠."

　앞장서서 걸어가는 고길수의 뒤를 오십에 달하는 인원이

따라 이동하기 시작했다.

그런 인원을 보던 고길수가 말했다.

"아무래도 인원이 인원이니 죄송하지만 계단으로 이동하겠습니다."

"계단으로?"

"아! 지하 1층으로 가는 것이니 힘들지는 않으실 겁니다."

고길수가 앞장서서 지하로 향하는 문을 열고 내려가자 인원들이 그 뒤를 따라 내려갔다.

지하로 사람들을 이끌고 내려간 고길수가 복도를 따라 걷다가 끝에 있는 문을 열었다.

문을 열고 안으로 들어간 곳은 행복 사무소 지하 훈련장과 비슷한 곳이었다. 그리고 입구에는 SG 복장을 한 사람 몇과 테이블이 놓여 있었다.

"이곳은 저희 SG 훈련장이고 여기 있는 이들은 저희 지원 3팀 직원입니다."

고길수가 한쪽 테이블에 있는 서류를 한 장 집으며 말했다.

"이제 여기 있는 종이에 신상에 대한 것을 적어주시면 됩니다. 모르는 것이 있으면 직원들에게 물어보시면 됩니다."

고길수의 말에 혜원과 그 부하들이 테이블에 놓인 종이들을 가져다 작성을 하기 시작했다.

그 모습을 고길수가 보다가 김호철을 힐끗 바라보았다.

"블러드 나이트를 이렇게 직접 보게 되는군요."

고길수의 말에 김호철이 고개를 끄덕이고는 웃었다.

"사인이라도 해드릴까요?"

"후! 아닙니다."

웃는 고길수를 보며 김호철이 말했다.

"일 진행을 빨리 처리해 주셔서 감사합니다."

"위에서도 주시하는 일이라 저희도 빠르게 일을 처리한 것입니다."

"그런데 일본에서는 뭐라고 하지 않았습니까?"

자국 내 범법 능력자들을 받아들이는 일이니 일본 정부에서 한국 정부에 항의를 할 수도 있는 일이었다. 게다가 김호철은 그 일본 내각관방 장관인지 뭔지의 요청도 거절했고 말이다.

김호철의 말에 옆에 있던 마리아가 그를 바라보았다.

"항의는 우리 쪽에서 했어요."

"우리 쪽?"

"백진 회장님이 일본 정부에 항의를 했어요."

"백진 회장님이?"

"내가 일본 SG들이 우리나라 와서 깽판 쳤다고 일렀거든요."

"아……."

"협회장님이 항의 덕에 이번 일이 잘 풀렸어요. 그러니 나중에 한번 같이 가서 인사라도 드려요."

"그래야겠군요."

이야기를 나누는 사이 혜원과 그 부하들이 서류를 모두 작성했다.

모여진 서류들을 받은 고길수가 그것들을 훑어보고는 말했다.

"그럼 능력 테스트를 진행하겠습니다. 그럼 김혜원 양부터 시작하도록 하죠."

혜원이 앞으로 나서자 고길수가 직원들 중 한 명에게 눈짓을 주었다.

스윽!

직원이 혜원의 앞에 서자 고길수가 말했다.

"저희 직원을 상대로 능력을 펼치시면 되겠습니다."

고길수의 말에 혜원이 한숨을 쉬고는 말했다.

"제 능력은 버티기 힘들 거예요. 마나 측정기를 쓰면 안 될까요?"

혜원의 능력이 뭔지 모르는 고길수가 웃으며 고개를 저었다.

"저희 직원들 실력 괜찮습니다."

"제 능력은 고통……. 고통스러울 거예요."

"고통이라……."

혜원의 말에 잠시 고민을 하던 고길수가 고개를 끄덕이고는 직원 대신 그 앞에 섰다.

"시작하시지요."

여전히 능력을 확인하겠다는 고길수의 말에 김호철이 눈을 찡그렸다.

"마나 측정기를 사용하면 안 됩니까?"

김호철의 말에 고길수가 고개를 저었다.

"능력자 귀화 절차에서 능력 확인은 다른 그 어떤 것보다 필수입니다. 그래서 반드시 저희가 확인을 해야 합니다."

고길수의 단호한 말에 김호철이 혜원을 향해 고개를 돌렸다.

"저렇게 바라는데 해줘."

김호철의 말에 혜원이 한숨을 쉬고는 고길수를 보다가 코지로를 향해 고개를 돌렸다.

그 시선에 코지로가 고개를 끄덕이고는 품에서 마우스피스를 꺼내 고길수에게 내밀었다.

"이 정도까지……."

고길수의 말에 혜원이 고개를 저었다.

"하시는 것이 좋아요."

혜원의 말에 마우스피스를 보던 고길수가 그것을 입에 끼웠다.

"준비되시면 신호해 주세요."

혜원의 말에 고길수가 고개를 끄덕이고는 주먹을 움켜쥐었다.

화아악!

그러자 고길수의 몸이 검게 변하기 시작했다. 순식간에 칠흑처럼 검어진 고길수가 고개를 끄덕였다.

그에 혜원이 고길수를 향해 손을 내밀었다.

화아악!

혜원의 손에서 빛이 나오는 것과 함께 고길수의 몸이 꿈틀거렸다. 그렇게 몇 번을 꿈틀거리는 고길수를 보며 혜원이 손을 내렸다. 그제야 몸을 멈춘 고길수가 마우스피스를 빼며 말했다.

"고통이라……."

잠시 생각을 하던 고길수가 혜원을 바라보았다.

"어느 정도로 펼치신 것인지?"

"제일 약한 단계에요."

혜원의 말에 고길수가 웃었다.

"그럼 강하게 해보십시오."

"괜찮으시겠어요?"

"제 능력은 상대의 능력을 약화시키는 것입니다. 그러니 걱정하지 마시고 써보십시오."

말과 함께 마우스피스를 다시 입에 넣은 고길수가 고개를 끄덕였다. 그런 고길수의 모습에 혜원이 눈을 감았다가 그를 바라보았다.

"푸우우우!"

순간 고길수의 입에 끼고 있던 마우스피스가 침과 함께 뿜어져 나왔다. 그리고 고길수가 바들바들 떨며 뒤로 넘어갔다.

쿵!

바들바들!

그 모습에 혜원이 급히 눈을 감았다. 그러자 고길수가 침과 함께 토사물을 토하기 시작했다.

"우엑! 우엑!"

연신 구토를 하는 고길수의 모습에 직원들이 놀라 혜원과 그를 번갈아 보다가 급히 물을 가져다주었다.

"팀장님!"

"괜찮으세요?"

직원들의 외침에도 고길수는 연신 구토를 하며 바들바들 떨어댈 뿐이었다.

바들바들!

떨고 있는 고길수의 어깨를 김호철이 주무르고 있었다.

강하게 하라고 고길수가 스스로 자처했지만 어쨌든 그 충격에 이러고 있으니 미안한 감이 있었다.

고길수의 어깨를 주무르며 김호철은 앞을 바라보았다. 지금 혜원의 부하 코지로가 능력 테스트를 끝내고 있었다.

　코지로의 능력을 서류에 적은 직원이 혜원의 옆에 있는 칸노를 바라보았다.

　"그럼 마지막으로, 칸노 씨."

　직원의 말에 칸노가 고개를 저었다.

　"제 능력은 보여줄 수 없습니다."

　칸노의 말에 직원이 그녀를 바라보았다.

　"귀화를 하는 능력자의 능력을 확인하는 것이 저희 쪽 일입니다. 예외는 없습니다."

　직원의 말에 칸노가 그를 보다가 혜원을 향해 고개를 숙였다.

　"저는 귀화를 하지 않겠습니다."

　칸노의 말에 잠시 그녀를 보던 혜원이 직원을 바라보았다.

　"칸노 상은 귀화를 하지 않겠어요. 그럼 능력을 보이지 않아도 되겠죠?"

　혜원의 말에 직원이 고길수를 바라보았다. 직원의 시선에 고길수가 바들바들 떨리는 손을 움켜쥐고는 잠시 숨을 고르다가 고개를 끄덕였다.

　"그, 그렇…… 게…… 하십시오."

　그러고는 고길수가 어깨를 주무르는 김호철의 손을 잡아

멈추게 한 뒤 몸을 일으켰다.

"가, 감사합니다."

"좀 괜찮으십니까?"

"휴!"

한숨을 쉬는 것으로 답을 대신한 고길수가 말했다.

"테스트에 임해주셔서 감사합니다. 잠시 기다려 주시면 한국 능력자 자격증과 주민등록증을 가져다 드리겠습니다."

고길수가 직원들에게 눈짓을 하자 그들이 서류를 들고 훈련장을 벗어났다.

SG 지하 훈련장을 비추고 있는 모니터를 두 명의 노인이 지켜보고 있었다.

한 명은 전에 본 적이 있는 조선 길드 마스터이자, 한국 능력자 협회장 백진이었다.

모니터를 보던 백진이 들고 있던 리모컨을 조작했다. 그러자 모니터에 김호철의 모습이 확대되었다.

"어떻게 생각하나?"

백진의 말에 옆에 SG 복장을 한 노인이 김호철을 보다가 입을 열었다.

"우리 애들이 보고한 내용대로라면…… 확실히 A급은 넘는다고 봐야겠지."

"그럼 팔장로가 되는 건가?"

"흠……."

잠시 생각을 하던 노인이 입맛을 다셨다.

"저놈보다는 마리아가 더 낫지 않나?"

"마리아라……."

백진이 마리아를 바라보다가 고개를 저었다.

"마리아라면 어느 정도 그 수준이 되기는 하지만…… 저 아이도 귀찮은 것 싫어해서 활동을 잘 안 하지 않나."

"팔장로가 돼도 그럴까?"

"내가 아는데 저 아이는 팔장로가 되도 늘 카페에서 커피만 만들 아이야."

"쩝…… 아쉽군."

지금 백진과 노인은 새로운 장로를 생각하고 있었다.

칠장로. 한국 능력자 중 최고라 칭해지는 7인의 능력자.

칠장로는 한국 능력자들의 자존심이었다. 어느 나라의 능력자와 싸워도 절대 지지 않을 것이라는 자존심.

그리고 한국 능력자들의 믿음대로 칠장로는 한국에 큰일이 생길 때마다 나타나 일을 해결했다.

하지만 문제는 칠장로 중 정작 활동을 하고 있는 건 단둘뿐이라는 것이었다. 바로 능력자 협회 회장 백진과 지금 대화를 하고 있는 SG 노인 도원군 말이다.

다른 칠장로 중 5인은 평소 어디에 있는지 연락도 되지 않는다. 발표만 하지 않았을 뿐 그 5인은 은퇴를 한 것과 같았다. 물론 죽지 않았으니 나라에 큰일이 생긴다면 나설 확률은 있겠지만 말이다.

활동을 하고는 있지만 백진은 능력자 협회 회장, 도원군은 SG의 국장이다. 현장에 직접적으로 나서기에는 맡은 일도 너무 많은 것이다.

그래서 백진과 도원군은 그동안 새로운 칠장로, 아니, 팔장로의 체계를 생각하고 있었다.

장로라는 이름은 한국 능력자들의 자존심이자 명예.

활발하게 활동하는 장로가 생긴다면 한국 능력자들의 사기도 올라가고 대외적으로 한국 능력자들의 힘을 보여줄 수도 있는 것이다.

하지만 그런 능력을 가진 사람을 찾기가 어려웠다. 아니, 찾아보면 있었다. 마리아처럼 말이다.

하지만 다들 한두 가지씩의 문제가 있었다.

마리아와 같은 경우는 게으름……. 늘 카페에만 있으니 두 사람이 원하는 활동적인 장로가 될 수 없는 것이다.

모니터를 조정해 마리아를 비추던 백진이 김호철을 바라보았다.

"블러드 나이트라면 요즘 가장 뜨는 녀석이고……."

백진의 말에 도원군이 손을 들었다.

"뜨든 아니든 장로의 자리에 가장 필요한 것은 실력이네. 대한민국을 대표하는 장로라는 이름…… 실력이 뒷받침되지 않는다면 아무런 소용이 없어. 패하지 않는 자가 필요한 거네."

도원군의 말에 백진이 한숨을 쉬었다.

"나도 다른 녀석들처럼 은퇴를 하고 싶구만."

왜 자신이 이런 머리 아픈 일까지 해야 하나 싶어 한숨을 쉬는 백진을 보며 도원군이 고개를 저었다.

"힘에는 책임이 따르는 법……. 은퇴를 하고 싶으면 자네를 뛰어넘는 후계자를 만들고 하게."

말과 함께 도원군이 김호철을 보다가 입을 열었다.

"실력을 봐야겠어."

"직접?"

"저놈이 장로에 어울리는 실력을 가지고 있다면 장로가 직접 확인해야겠지."

말과 함께 도원군이 손가락을 튕겼다.

탁!

그리고 도원군의 몸이 사라졌다. 대신 도원군의 몸은 모니터에 비치고 있었다.

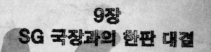

9장
SG 국장과의 한판 대결

파앗!

김호철은 갑자기 자신의 앞에 나타난 노인의 모습에 놀라 뒤로 물러났다.

"뭐야?"

놀라 뒤로 물러난 김호철이 노인을 볼 때 마리아가 급히 다가왔다.

"국장님."

다가와 인사를 하는 마리아의 모습에 노인이 고개를 끄덕였다.

"오랜만이다."

"격조했습니다."

"가끔 찾아오거라."

노인의 말에 마리아가 웃으며 고개를 저었다.

"인사드리러 찾아올게요."

그러고는 마리아가 김호철을 가리켰다.

"이쪽은 저희 사무소 직원 김호철 씨예요. 물론 이미 알고 계시겠지만요."

마리아의 말에 노인이 고개를 끄덕이고는 김호철을 바라보았다.

"도원군이다."

도원군이라는 이름에 김호철이 놀라 그를 바라보았다.

'도원군이면 칠장로?'

혜원이 치료를 하기 위해 칠장로에 대해 조사를 한 적이 있었다.

도원군. 현재 활동하는 칠장로 둘 중 한 명으로 한국 SG국 국장을 맡고 있으며, 같은 칠장로 중 한 명인 한국 능력자 협회 백진 회장과 가까운 사이이다. 능력은 순간이동과 일류 고수 이상의 무술로 알려져 있다.

국장이라는 말을 들었을 때 눈치를 챘어야 했는데 하는 생각을 하며 김호철이 정중하게 고개를 숙였다.

"김호철입니다."

"만나서 반갑네."

손을 내미는 도원군과 악수를 한 김호철의 눈에 지하 훈련장으로 들어오는 한 노인이 보였다.

'조선 길드 사람인가?'

조선 길드 사람들이 한복을 입고 다니는 것을 알기에 김호철이 그런 생각을 할 때 마리아가 의아한 듯 노인, 백진을 보았다.

"회장님이 여기에는 왜?"

작게 중얼거린 마리아가 김호철을 향해 말했다.

"협회장님이세요. 인사드리세요."

마리아의 말에 김호철이 급히 백진에게 고개를 숙였다.

"김호철입니다. 이번 일 도와주셔서 감사합니다."

김호철의 말에 백진이 고개를 끄덕였다.

"한국 능력자를 돕자고 만들어진 것이 협회인데 도울 일이 있으면 도와야지. 그래, 일은 잘된 모양이군."

"능력자 자격증과 주민등록증이 나오기를 기다리고 있습니다."

"잘되었군."

말과 함께 백진이 김호철 옆에 있는 혜원을 바라보았다.

"그동안 고생했네."

백진의 말에 혜원이 고개를 숙였다.

"도와주셔서 감사합니다."

"그래…… 앞으로 한국에서 잘 지내고 사고 치지 말게나. 사고 치면 보증을 선 내 입장이 곤란하니."

"알겠습니다."

"그리고 협회 가입도 꼭 하게."

백진의 말에 마리아가 웃으며 말했다.

"그건 저희 쪽에서 알아서 할게요."

그러고는 마리아가 백진과 도원군을 번갈아 보다가 말했다.

"그런데 두 거물께서 무슨 일로……?"

마리아의 물음에 도원군이 입을 열었다.

"김호철 군에게 할 이야기가 있다."

"어떤?"

"그 전에 자네 실력을 좀 보고 싶군."

"제 실력?"

김호철의 말에 도원군이 주위를 보며 말했다.

"다들 뒤로 물러나게나."

도원군의 말에 SG들이 급히 뒤로 물러났다. 그 모습에 김호철이 도원군을 바라보았다.

"제가 왜?"

"자네 실력에 대한 말이 많아서 확인을 해보고 싶군. 부탁하지."

도원군의 말에 잠시 그를 보던 김호철이 고개를 끄덕였다.

"알겠습니다."

다른 이유는 없다. 도원군과 같은 사람이 자신에게 부탁한다고 한 말이 마음에 들었다.

보통 도원군과 같은 위치에 오른 이들은 부탁이라는 말보다 명령이 더 어울릴 텐데 말이다.

"칼, 다니엘."

김호철의 부름에 그의 몸에서 검은 뇌전이 뿜어졌다.

파지직! 파지직!

뇌전이 순식간에 칼과 다니엘로 변했다. 데스 나이트 두 기의 모습에 도원군의 얼굴에 호기심이 어렸다.

"이야기는 들었지만 데스 나이트라……. 대단하군."

도원군의 말을 들으며 김호철이 칼과 다니엘의 어깨에 손을 올렸다.

"합체."

파지직!

그리고 김호철의 몸에 검은 데스 나이트의 갑옷이 형성이 되었다.

철컥! 철컥!

금속이 부딪히는 소리와 함께 자신의 몸을 감싸는 데스 나이트를 느끼며 김호철은 고개를 끄덕였다. 매번 느끼는 거지만 데스 나이트는 언제나 듬직했다.

"후!"

숨을 내쉰 김호철이 손을 내밀었다.

파지직!

손에 들리는 해머를 쥔 김호철이 도원군을 바라보았다.

"전력을 다한 제 실력을 보고 싶으십니까?"

"이왕이면 그렇게 해주면 고맙겠군."

도원군의 말에 김호철이 숨을 고르고는 주먹을 움켜쥐었다.

"힘 내봐."

김호철의 중얼거림에 그의 몸에서 붉은 기운이 흘러나오기 시작했다.

화아악! 화아악!

그와 함께 김호철이 두른 데스 나이트의 갑옷의 색깔도 조금 붉어지기 시작했다.

마치 탁한 피와 같은 색으로……

"그게 전력을 다한 건가?"

"전력은 아니지만…… 지금 최선입니다."

이그니스의 힘이 어느 정도 위력을 발휘하지 못하는 상황에서 김호철은 그 힘을 꺼낼 생각이 없었다. 아직은 익숙하지 않은 그 힘에 SG 건물이 날아가면 안 되니 말이다.

부웅!

해머를 커다랗게 휘두른 김호철이 그것을 어깨에 올리고
는 도원군을 바라보았다.

"시작하겠습니다."

김호철의 말에 그를 보던 도원군이 고개를 끄덕였다.

"오게."

파앗!

도원군의 말이 끝나기가 무섭게 김호철의 신형이 땅을 박
찼다.

부웅!

땅을 박차는 것과 동시에 김호철의 해머가 도원군을 향해
휘둘러졌다.

화아악!

해머가 닿기 직전 도원군의 몸이 사라졌다.

부웅!

도원군이 있던 곳을 그대로 통과하는 해머를 느끼며 김호
철의 발이 땅을 박찼다.

파앗!

빠르게 앞으로 뛴 김호철이 땅을 한 바퀴 구르더니 해머를
크게 휘둘렀다.

부웅!

어느새 김호철이 있던 곳에 몸을 드러낸 도원군이 고개를 끄덕였다.

"나를 찾기 위해 멈추지 않고 오히려 앞으로 뛴 판단……
좋군."

도원군의 말에 김호철이 웃었다. 사실 김호철은 도원군이 사라지자 그 몸을 찾기 위해 주위를 둘러보려 했다.

하지만 칼이 그 몸을 앞으로 빠르게 움직인 것이다. 그러니 도원군의 칭찬은 그가 아닌 칼이 들어야 할 것이다.

"좋은 판단이었습니까?"

"나를 찾으려 멈췄다면 내 손이 자네 머리에 닿았…… 응?"

말을 하던 도원군이 자신의 코를 만졌다. 코에서 뭔가 따뜻한 것이 흘러내린 것이다.

그리고…….

'코피?'

자신의 코에서 흘러내리는 것은 코피였다.

'완전히 피하지 못했다?'

코피를 보던 도원군이 피식 웃었다.

"재밌군."

스윽!

김호철을 향해 시선을 둔 도원군이 코피를 손으로 닦아냈다.

"그럼 방어력은 어떤가 좀 볼까?"

자세를 낮춘 도원군이 김호철을 향해 주먹을 크게 휘둘렀다. 그 모습에 김호철의 얼굴에 의아함이 어렸다.

도원군과 자신과의 거리는 멀다. 그런데 그 자리에서 주먹을 휘두르니 말이다.

'원거리 공……'

속으로 중얼거리던 김호철의 얼굴이 그대로 돌아갔다.

퍽!

어느새 자신의 앞에 나타난 도원군의 주먹이 그의 얼굴을 후려친 것이다.

주먹 한 방에 붕 떠오르며 튕겨져 나가는 김호철을 보며 도원군이 다리를 들었다. 그리고 강하게 내려찍는 것과 함께 그의 몸이 사라졌다.

화아악!

허공에 붕 떠 날아가는 김호철의 위에 나타난 도원군이 또 한 번 발을 내려찍었다.

쾅!

"커억!"

바닥에 처박혔다가 그 충격에 다시 떠오르는 김호철을 향해 도원군이 정권을 찔렀다.

화아악!

사라진 도원군의 몸이 김호철의 아래에 나타났다.

그리고…….

퍽!

도원군의 정권에 김호철의 몸이 다시 솟구쳤다.

"커억!"

신음을 토하며 김호철이 입술을 깨물 때 도원군의 모습이 다시 사라졌다. 어느새 솟구치는 김호철의 위에 모습을 드러낸 도원군의 발이 강하게 내려찍어졌다.

퍽!

휘이익!

발차기에 떨어지는 김호철의 밑에 다시 나타난 도원군.

퍽!

도원군의 주먹에 다시 위로 솟구치는 김호철.

그리고 다시 위에 나타난 도원군의 발차기에 떨어지는 김호철.

김호철은 솟구치고 떨어지기를 반복하고 있었다. 그런 김호철의 모습에 마리아가 눈을 찡그리며 작게 중얼거렸다.

"데스 요요……."

쾅!

묵직한 소리와 함께 땅에 처박힌 김호철은 정신이 없었다.

"크으윽!"

신음을 내며 천천히 몸을 일으키는 김호철의 몸에서 데스 나이트 갑옷 조각들이 떨어졌다.

후두둑! 후두둑!

조각들이 떨어지는 것을 보며 김호철이 앞을 바라보았다. 앞에는 도원군이 뒷짐을 진 채 그를 보고 있었다.

"방어력이 쓸 만하군."

담담히 말을 하고 있지만 김호철이 일어나는 것에 도원군은 사실 놀라고 있었다.

데스 요요는 도원군이 즐겨 사용하는 기술이다. 상대를 허공에 띄워놓은 채 위아래로 순간이동을 하며 가격을 하는 기술. 한 번 걸리면 도원군이 멈추기 전에는 빠져나올 수 없는…….

죽일 생각까지는 없었으니 손에 사정을 두기는 했다. 하지만 일어나게 할 생각은 없었는데 일어난 것이다.

후두둑! 후두둑!

부서지는 갑옷 조각들을 보며 김호철이 손을 내밀었다.

"합체."

김호철의 중얼거림에 바닥에 떨어진 조각들이 검은 뇌전이 되어 그 몸으로 흡수가 되었다.

데스 나이트의 갑옷과 무기는 물질화되어 있기는 하지만 어디까지나 김호철의 마나가 발현이 된 것이다. 그렇기에 부서졌다 해도 흡수하면 다시 재생이 가능했다.

하지만 언제 부서졌냐는 듯 멀쩡한 갑옷과는 별개로 김호철은 온몸이 아팠다.

"크으윽!"

잠시 신음을 토한 김호철이 도원군을 바라보았다.

"대단하시군요."

"칠장로라는 이름 괜히 단 것은 아니니까. 어떻게, 더할 수 있겠나?"

도원군의 말에 김호철이 숨을 고를 때 그의 갑옷이 변했다. 칼이 주공이었다면 지금은 다니엘의 갑옷으로 말이다.

파지직!

뇌전과 함께 해머가 흩어지며 그 손에 창이 들렸다. 데스나이트들이 도원군을 상대하는 데 다니엘이 낫다 판단을 하고 주공을 바꾼 것이다.

'그래, 칼보다는 다니엘이 낫겠다.'

파워는 칼이 낫지만 스피드와 변화는 다니엘이 낫다. 그런 생각을 하며 창을 움켜쥔 김호철이 도원군을 바라보았다.

"후우! 다시 가겠습니다."

"오게."

도원군의 말과 함께 김호철이 자세를 낮추고는 거창을 했다.

착!

거창을 한 김호철의 발이 땅을 강하게 박찼다.

파앗!

순식간에 도원군과의 거리를 좁힌 김호철의 창이 회전을 하며 앞으로 찔러 들어갔다.

화아아악!

마치 드릴처럼 회전을 하며 찔러 들어오는 창에 도원군의 모습이 사라졌다.

화아악!

도원군이 사라진 자리를 뚫은 것과 동시에 김호철의 몸에서 거대한 뇌전이 뿜어졌다.

파지직! 파지직!

김호철의 주위를 순식간에 휩쓸어버리는 검은 뇌전에 마리아가 고개를 끄덕였다.

'맞아. 호철 씨의 능력은 물리 공격 외에도 뇌전을 이용한 마법 공격도 가능해.'

김호철의 주위를 휩쓸고 있는 뇌전이다. 그 범위 내에 도원군이 순간이동을 하면…….

"저게 블러드 나이트의 뇌전이군."

그런 생각을 하던 마리아의 귀에 도원군의 목소리가 들려왔다. 그에 놀라 옆을 본 마리아는 어느새 자신의 옆에 있는 도원군을 볼 수 있었다.

"왜?"

왜 자기 옆에 있느냐는 물음이 담긴 마리아의 음성에 도원 군이 웃으며 김호철을 향해 걸음을 옮겼다.

"뭔가 한 수가 있을 거라 생각을 해서 좀 멀리 이동을 했는데…….'

도원군의 말에 김호철이 뇌전을 뿜어내며 그를 바라보았다. 사실 뇌전을 뿜어내기 전만 해도 김호철은 다니엘이 어떻게 할지 몰랐다.

그런데 다니엘이 뇌전을 뿜어내자 속으로 나이스라 외쳤다. 마리아의 생각처럼 그도 자신의 주위를 쓸어버리고 있는 뇌전에 도원군이 당할 것이라 생각을 한 것이다.

그런데…… 뇌전의 범위 밖으로 순간이동을 했다니…….

'하지만…… 방어책은 찾았다.'

순간이동을 막을 방법은 찾지 못했지만 자신에게 공격을 하지 못할 방법…… 뇌전을 찾은 것이다.

파지직! 파지직!

온몸에서 뇌전을 뿜어내며 김호철이 도원군을 향해 거창을 했다.

"뇌전으로 주위를 감싼다라……. 과연 방어도 되고 공격도 되는 좋은 방법이겠군."

"이번에는 국장님이 오시지요."

김호철의 말에 도원군이 웃었다.

"자신감이 좋구만."

말과 함께 도원군이 손을 들었다.

우우웅!

엄지로 중지를 말은 그의 손가락에 하얀 기운이 뭉치기 시작했다.

"그럼 이건 어떤가?"

도원군의 손가락이 튕겨졌다.

파앗!

손가락에 깃들어 있던 하얀 기운이 총알처럼 김호철을 향해 쏘아져 나갔다.

펑!

하지만 도원군이 쏘아낸 기운은 김호철을 감싸고 있는 뇌전에 닿자 터져 나갔다.

"호오!"

자신의 탄지공이 김호철의 뇌전에 막힌 것에 살짝 놀란 듯 잠시 감탄성을 토했던 도원군이 고개를 끄덕였다.

"쓸 만하군."

잠시 김호철을 보던 도원군이 말했다.

"그 정도면 자네 실력은 충분히 봤군. 이만하세나."

도원군의 말에 김호철이 그를 보다가 뇌전을 흡수했다.

실컷 당하기만 하고 그만두는 것이 분하기는 했지만……
다시 한다고 해도 별로 달라질 것이 없어 보였다.

'순간이동 귀찮은 능력이네.'

파지직!

뇌전을 흡수하는 것과 함께 합체도 해지를 한 김호철이 그
에게 다가갔다.

"어떻게, 마음에 드십니까?"

"괜찮군. 공격력도 방어력도…… 그리고 뇌전이라는 능력
까지."

잠시 말을 멈췄던 도원군이 김호철을 바라보았다.

"하지만…… 아직 미숙해."

"어떤?"

김호철 자신이 미숙한 것이야 당연했다. 능력자로 각성을
한 지 석 달도 되지 않았으니 말이다. 군대로 따지면 능력자
경험치가 이등병 정도밖에 되지 않는 것이다.

그런 자신에게 도원군의 조언은 도움이 될 것이다.

"네 장점은 강한 파괴력이다. 아마 나라도 네 공격을 정면
으로 받는다면 십중팔구는 죽을 것이다. 그리고 움직임을 보
니 데스 나이트의 전투 기술을 그대로 사용하는 것 같더군.
그것 역시 큰 장점이다."

도원군의 말에 김호철이 고개를 끄덕였다.

"그럼 단점은?"

"그 강한 공격력도 상대를 맞히지 못하면 소용이 없다는 것이다."

김호철을 보며 도원군이 말을 이었다.

"그리고 데스 나이트의 전투 기술을 받아들이는 것이 어설 프다. 차라리 네가 의식을 끊고 데스 나이트가 싸우는 것이 더 강할 것이다."

"강한 적을 상대할 때에는 제가 아닌 데스 나이트가 제 몸을 움직이게 합니다."

"후! 아무리 데스 나이트가 네 몸을 움직인다 해도 네 몸은 네 몸이다. 데스 나이트의 기술과 움직임이 그대로 나올 수는 없다."

도원군의 말에 김호철이 잠시 생각을 하다가 고개를 끄덕였다.

일리가 있었다.

격투 게임의 캐릭터도 자신의 생각처럼 완벽하게 움직이지는 않으니 말이다.

"그럼 어떻게 해야 합니까?"

"네 몸을 수련해야지."

말과 함께 도원군이 김호철에게 다가와 그 몸을 만졌다.

다 늙은 남자 노인네가 자신의 몸을 더듬는 것에 조금 기분이 이상한 김호철이 꼼지락거리자 도원군이 엉덩이를 손으로 쳤다.

"가만히 있거라."

김호철이 가만히 있자 도원군이 그 몸을 더듬다가 말했다.

"근육이 이게 뭐더냐? 너 육체 수련은 안 하는 것이냐?"

도원군의 말에 김호철이 고개를 끄덕였다.

"네."

"그럼 무슨 수련을 하는 거냐?"

조금은 질책이 섞인 도원군의 말에 김호철이 잠시 머뭇거리다가 말했다.

"이미지 수련을……."

"쯔!"

작게 혀를 찬 도원군이 김호철의 몸에서 손을 떼어냈다.

"이런 몸으로 데스 나이트의 움직임을 그대로 따라했다가는 당장 근육이 파열돼 죽어버렸을 것이다."

"하지만 이때까지 이상은 없었습니다."

"데스 나이트들이 힘을 자제했겠지."

그리고는 도원군이 김호철을 향해 말했다.

"데스 나이트들만 소환해서 아까처럼 만들어 보거라."

도원군의 말에 김호철이 잠시 생각을 하다가 데스 나이트들을 소환했다.

파지직! 파지직!

데스 나이트 두 기가 소환이 되자 김호철이 그들을 향해 손을 내밀었다.

'이 녀석들만 합체를 시켜본 적이 없는데…….'

그런 생각을 하며 김호철이 정신을 집중했다. 자신을 제외한 데스 나이트 두 기가 합체를 하는 모습을 말이다.

그렇게 어느 정도 이미지화를 한 김호철이 눈을 떴다.

"합체."

김호철의 말에 다니엘의 몸이 검은 뇌전으로 변하더니 칼의 몸에 흡수가 되었다.

파지직! 파지직!

검은 뇌전을 뿜어내며 새로운 데스 나이트가 모습을 드러냈다. 그 모습에 안도를 한 김호철이 다시 이미지를 떠올렸다. 자신의 몸에서 오거의 힘이 데스 나이트에게 깃드는 것을 말이다.

하지만…….

오거의 힘은 데스 나이트에게 깃들지 않았다.

김호철의 몸에서 흘러가던 오거의 붉은 기운이 데스 나이트에게 깃들지 못하고 번번이 돌아오는 것이다.

'힘만 넘기는 것은 안 되는 모양이구나.'

속으로 중얼거린 김호철이 도원군을 바라보았다.

"아까에 비하면 공격력은 좀 떨어질 것입니다."

김호철의 말에 도원군이 웃었다.

"그거 다행이군. 그렇지 않아도 내 생각대로 되면 어쩌나 걱정을 했는데."

"국장님 생각대로?"

그게 무슨 말인가 싶어 바라보는 김호철을 보며 고개를 젓던 도원군의 몸이 사라졌다.

화아악!

그리고 멀찍이서 모습을 드러낸 도원군이 김호철을 향해 말했다.

"데스 나이트한테 나를 쓰러뜨리라 명령하거라."

"죽여."

도원군의 말에 김호철이 명령을 바로 내렸다. 그 모습에 도원군이 눈을 찡그렸다.

망설이지도 않고 바로 명령을 내릴 줄도 몰랐고…….

'쓰러뜨리라는 거였지 죽이라고는 안 했는데…….'

도원군이 그런 생각을 할 때 명령을 받은 데스 나이트가 땅을 박찼다.

파앗!

파지직!

어느새 해머를 손에 쥔 데스 나이트가 도원군을 향해 휘둘렀다.

화아악!

하지만 그 자리에는 도원군은 없었다. 그러자 데스 나이트가 해머를 휘두르던 기세를 빌려 빠르게 회전을 했다.

파앗!

그리고 도원군이 나타난 곳을 향해 다시 땅을 박찼다.

부웅!

다시 휘둘러지는 해머를 순간이동으로 피한 도원군의 몸이 데스 나이트의 밑에 나타났다.

그리고 그대로 올려쳐지는 주먹. 하지만 주먹은 다 올라가지 못했다.

데스 나이트의 발이 도원군을 걷어찬 것이다. 그에 도원군의 몸이 사라졌다.

데스 나이트의 머리 위에 나타난 도원군의 주먹이 떨어졌다.

휘두르던 자세 그대로 순간이동을 했기에 준비 동작 없이 바로 주먹이 떨어지는 것이다.

하지만 데스 나이트가 더 빨랐다. 도원군의 주먹을 고개를 움직여 피한 데스 나이트의 손이 휘둘러졌다.

부웅!

데스 나이트와 도원군이 싸우는 것을 보는 김호철의 얼굴에 감탄이 어렸다.

'데스 나이트가 이렇게 빨랐나?'

아까 자신과 합체를 하고 싸울 때에는 반응을 하지 못했던 순간이동 공격을 데스 나이트는 다 받아치고 있었다.

물론 도원군의 순간이동이 멈추지 않고 계속 이어져 그 공격들이 모두 헛방에 그쳤지만, 도원군도 데스 나이트의 몸에 타격을 주지 못했다. 때리는 순간 그의 몸에 데스 나이트의 공격이 닿을 것이니 말이다.

그렇게 도원군은 연신 순간이동을 하고 데스 나이트의 손발은 바쁘게 움직였다. 순간이동을 얼마나 빠르게 하는지 도원군은 사방에 존재하는 것처럼 보였다.

그렇게 한참을 움직이던 도원군의 몸이 김호철의 옆에 나타났다.

파앗!

그리고 그런 도원군을 쫓아 달려오는 데스 나이트.

"멈추게 해."

도원군의 말에 김호철이 데스 나이트를 바라보았다. 그러자…….

파지직! 파지직!

달려오던 데스 나이트가 그대로 검은 뇌전이 되어 김호철에게 흡수가 되었다.

데스 나이트가 사라지자 도원군이 숨을 몰아쉬었다.

"휴!"

길게 숨을 토한 도원군이 이마에 맺힌 땀을 닦아냈다.

"이거…… 생각보다 더 빠르군."

도원군의 말에 김호철이 자기도 모르게 고개를 끄덕였다.

'내가…… 데스 나이트들의 발목을 잡고 있었구나.'

데스 나이트는 자신의 생각보다 더 강했던 것이다.

관광버스에 사람들이 타는 것을 보며 김호철이 SG 건물을 바라보았다.

'신체 수련이라…….'

도원군이 자신에게 해준 말을 생각하며 김호철이 고개를 끄덕였다.

좋은 말이었다. 데스 나이트를 부리는 것은 자신이지만 자신이 약하면 데스 나이트가 온 힘을 쓸 수가 없다.

SG 건물 최상층에 위치한 국장실에서 백진이 창밖을 보고 있었다.

"아, 되다."

힘들다는 사투리를 중얼거리며 도원군이 백진의 옆에 섰다.

"오늘 고생 좀 하더군."

백진의 말에 도원군이 피식 웃으며 고개를 끄덕였다.

"나이 먹고 움직이니 힘들어."

도원군의 말에 피식 웃은 백진이 창밖으로 내려다보이는 관광버스를 바라보았다.

"그래, 어때?"

"자네도 봤으니 알 것 아닌가."

"나야 눈으로만 봤지."

백진의 말에 도원군이 고개를 끄덕였다.

"공격력, 방어력, 거기에 뇌전에서 느껴지는 마나까지 모두 A급 이상이더군. 하지만……."

잠시 말을 멈춘 도원군이 관광버스를 보다가 몸을 돌렸다.

"도끼가 아무리 좋아도 나무를 찍지 못하면 아무 소용 없어."

"끄응! 마음에 안 차는 건가?"

백진의 물음에 도원군이 한숨을 쉬었다.

"능력으로만 따진다면…… 확실히 뛰어나. 다수를 상대할 때라면 아마 나보다 더 파괴력이 더 클 거야. 하지만……."

"하지만 뭔가?"

"자신의 능력을 다루는 실력이 부족해."

"능력을 자각한 지 반년도 되지 않았네. 이 정도면 아주 훌륭하지. 시간이 지나면 아마 자네도 한 수 접어달라 해야 할 거야."

"자네 말이 맞아. 시간이 지나고 능력에 익숙해지면 피똥을 싸는 건 나겠지. 하지만 지금은……."

잠시 말을 멈춘 도원군이 고개를 저었다.

"부족해."

스윽!

도원군이 백진을 바라보았다.

"그리 대단하다 생각을 하는 김호철 군에게 자네는 자신이 질 것이라 생각하나?"

"그건……."

잠시 입을 닫았던 백진이 한숨을 쉬었다.

"지금은 질 것 같은 생각이 들지 않는군."

"우리가 원하는 것은 한국 능력자들에게 든든한 버팀목이 되고, 타국 능력자들에게는 한국 능력자를 무시할 수 없다는 두려움을 실어줄 수 있는 강자네. 그것도 지금."

"그렇군."

"김호철 그 아이가 약해서가 아니야. 능력자의 고하는 자신의 능력을 얼마나 잘 이해하고 잘 사용할 수 있느냐네. 김호철 그 아이는 아직 자신의 능력으로 무엇을 할 수 있는지 잘 알지 못해. 그 틀만 깨고 온다면⋯⋯."

도원군이 백진을 바라보았다.

"자네가 원하는 장로가 새로 나타나겠지."

수정 카페는 수십 명의 사람으로 가득 차 있었다. 귀화 절차를 마친 혜원의 부하들이 카페를 가득 채우고 있는 것이다.

그 모습을 보던 박천수가 웃었다.

"이 카페에 이렇게 사람이 많이 들어온 적은 오늘이 처음이네."

박천수의 말에 고개를 끄덕인 마리아가 웃으며 고개를 끄덕였다.

"그것도 돈을 내는 손님들이요."

카페에 오는 이는 직원들밖에 없으니 커피나 카레를 팔아도 돈이 되지 않는 손님뿐인 것이다.

그런데 모처럼 이렇게 돈이 되는 손님들이 생기니 마리아는 기분이 좋았다.

"자! 여기."

마리아가 카레가 담긴 접시들을 건네자 박천수가 한숨을

쉬고는 사람들에게 서빙을 하기 시작했다.

김호철은 지하 훈련장에서 고윤희와 서 있었다.

"그래서…… 육체 수련을 하고 싶다고?"

"응."

"전에 내가 이야기했지만 네 장점은 몬스터야. 육체 수련을 할 시간에 몬스터로 할 수 있는 수련을 하는 것이 더 나을 것 같은데."

고윤희의 말에 김호철이 도원군과 있었던 일을 이야기했다. 그 이야기를 들은 고윤희가 피식 웃었다.

"그거야 도 국장님이고. 너는 너잖아."

"그래도 최소한 데스 나이트가 제대로 실력 발휘를 하게 하고 싶어."

"도 국장님이 쓸데없는 이야기를 하셨네."

고윤희의 말에 김호철이 물었다.

"그런데 도 국장님 무공도 대단하신 것 같던데……. 지풍 같은 것도 쏘시고."

"물론이지. 무공만으로도 우리나라에서 열 손가락에 들어가는 실력자시니까."

"전에 내가 무공을 익히고 싶다 했을 때 안 된다고 했는데 도 국장님은 어떻게 능력도 쓰고 무공도 쓰시는 거지?"

"간단해 무공을 익힌 상태에서 각성을 하신 거야. 이런 경우가 몇 돼."

"그렇군. 그런데 도 국장님 존경하는 것처럼 들리네."

"존경할 만하지. 그 정도 되는 분이 우리나라 능력자들을 위해 아직도 활동을 하시니까."

고개를 끄덕이며 말을 하던 고윤희가 말을 이었다.

"칠장로라 불리는 사람 중 활동하는 것은 도 국장님과 백 회장님 둘뿐이야. 그럼 왜 다른 사람들은 활동하지 않을까?"

"귀찮아서?"

"정답. 돈도 벌 만큼 벌었으니 그냥 여유롭게 여행이나 다니고 아니면 그냥 쉬는 거지. 게이트가 열리든 말든 몬스터에게 사람이 죽든 말든……. 하지만 그 두 분은 안 그래. 자신이 가진 힘을 오직 사람들을 위해 쓰시는 분들이지."

고윤희의 말을 듣고 보니 김호철은 도원군과 백진이 새삼스럽게 느껴졌다.

'두 분이 대단하시구나.'

그런 생각을 할 때 고윤희가 입을 열었다.

"어쨌든…… 훈련 안 하는 것보다 하는 것이 낫기는 하지. 몸이 돼야 뭐가 돼도 되는 법이니까."

"그럼 도와줄 거야?"

김호철의 물음에 고윤희가 웃었다.

"그런데 호철이 너도 참 웃기다."

자신을 호철이라 부르는 말에 김호철이 작게 한숨을 쉬었다. 고윤희의 반말이 이제는 익숙하기는 하지만 그래도 자신의 이름을 반말로 부르는 것은 조금 기분 나쁜 것이다.

"어머? 호철 오빠, 윤희가 이름 불러서 화난 거야? 그런 거야?"

싱긋 웃으며 애교를 부리는 고윤희의 모습에 김호철이 한숨을 쉬며 고개를 저었다.

'싸가지 없이 예쁜 년…….'

속으로 중얼거린 김호철이 고윤희를 향해 말했다.

"그런데 뭐가 웃기다는 거야?"

"네가 원하는 것은 데스 나이트가 자기들 기량을 모두 펼칠 수 있도록 몸을 강화시키는 거지?"

"그렇지."

"그럼 왜 그 수련을 나한테 부탁하는 거야?"

"그야 네가…….."

김호철의 말에 고윤희가 손가락을 흔들었다.

"쯔쯔쯔!"

그러고는 고윤희가 김호철 가슴을 손가락으로 쓰다듬었다.

"데스 나이트 실력을 제대로 쓰고 싶으면…… 데스 나이트한테 수련시켜 달라고 하면 되잖아."

"아!"

데스 나이트한테 수련을 시켜달라는 생각……. 미처 하지 못한 생각이었다.

'데스 나이트한테 수련받는 것……. 될 것 같은데?'

데스 나이트는 이제 어지간한 명령은 알아듣는다.

자기 이름밖에 말하지 못하니 이론적인 가르침은 받지 못하겠지만 육체적으로는 충분히 수련을 받을 수 있을 것 같았다.

안 되면 데스 나이트 갑옷을 입은 상태에서 자신에게 필요한 움직임을 반복시켜도 될 것 같고 말이다.

"칼."

파지직!

김호철의 부름에 칼이 모습을 드러냈다.

"강해지고 싶다. 나를 강하게 만들어줄 수 있나?"

"칼 폰 루이스."

자신의 이름으로 답을 하는 칼을 보며 김호철이 말했다.

"그럼 나를 강하게 만들어줘."

김호철의 말에 칼이 그를 보다가 다가왔다. 그러고는 김호철의 양 다리를 살짝 벌리게 하고는 그 몸을 위에서 눌렀다.

그에 김호철이 몸을 낮추자 다시 칼이 그의 몸을 일으

켰다.

"스쿼시 하라는 건가 보네."

"스쿼시? 앉았다 일어났다 그것 말입니까?"

"대충은 그렇지…… 하긴 스쿼시만큼 하체 단련에 좋은 것도 없지."

고윤희가 김호철의 하체를 슬쩍 보고는 웃었다.

"하긴 남자라면 하체지."

고윤희의 시선에 김호철이 슬쩍 몸을 돌려 하체를 가리고는 앉았다 일어나기를 시작했다.

그리고 그런 김호철의 자세를 칼이 손으로 교정을 해주었다. 그런 데스 나이트의 지도를 받으며 김호철이 스쿼시를 하며 고개를 갸웃거렸다.

'이런 것으로 강해질 수 있는 건가?'

그런 의문이 들었지만 김호철은 데스 나이트를 믿기로 했다.

아침 일찍 일어난 김호철은 훈련을 하기 위해 카페로 내려왔다. 이른 아침인데도 카페에는 많은 사람이 나와 커피를 마시고 있었다. 바로 혜원의 부하들이었다.

혜원 역시 바에서 마리아와 이야기를 나누며 커피를 마시고 있었다. 그 모습을 보던 김호철이 혜원의 옆에 앉으며 마리아를 바라보았다.

"저······."

"커피 한잔 드려요?"

마리아의 말에 김호철이 고개를 저었다.

"커피는 됐고······. 여기에 사람들을 머물게 해주셔서 감사합니다."

김호철의 말에 마리아가 피식 웃었다.

"공짜로 머물게 해주는 것도 아니잖아요. 설마 방값 안 내려고 하신 것은 아니죠?"

귀화를 한 혜원과 그 부하들은 지금 수정 카페 건물에서 머물고 있었다. 귀화를 하고 난 후 펜션으로 돌아가려던 김호철과 혜원들을 마리아가 이곳에 머물게 해주었다.

펜션으로 간 이유가 일본의 소환 명령을 피하기 위해서였는데 그것이 해결이 된 이상 굳이 불편한 그곳으로 돌아갈 필요가 있냐며 말이다.

그 말에 김호철은 머물기로 했다. 그렇지 않아도 펜션에는 가구도 없어서 김호철이 인근에서 사 온 침낭과 간이 취사도구들로 밥을 해먹으며 지내 불편하기는 했던 것이다.

그리고 아직 신의 교단이 사라지지 않은 이상 외딴 펜션보다는 이곳이 더 안전했다.

그리고 행복 사무소에는 빈방이 많았다. 1인 1실은 주지 못해도 2인 1실 정도는 머물 수 있을 만큼 말이다.

이야기를 나누는 사이 위층에서 정민이 하품을 하며 내려왔다.

"좋은 아침입니다."

정민의 말에 김호철이 고개를 끄덕였다.

"요즘 안 보이던데 방에서 뭘 그렇게 해?"

"게임이요."

"게임?"

많이 피곤한지 목을 비틀며 바 앞에 앉은 정민이 말했다.

"제 능력이 게임이잖아요. 게임을 하면서 제 캐릭터가 강해지면 그 능력치 중 일부가 저에게 적용이 돼요."

"좋네. 게임도 하면서 강해지다니."

부럽다는 듯 말하는 김호철을 보며 정민이 웃었다.

"형, 수련은 어때요? 아직도 앉았다 일어났다?"

"허벅지 당겨 죽겠어."

웃으며 허벅지를 누르던 김호철의 귀에 딸랑 소리가 들려왔다. 그에 고개를 돌린 김호철의 눈에 바울이 피곤한 얼굴로 들어오는 것이 보였다.

"바울 신부."

바울의 모습에 김호철이 자리에서 그에게 다가갔다.

"한국에 언제 오셨습니까?"

김호철의 말에 바울이 주위를 빠르게 둘러보고는 말했다.

"별일 없었습니까?"

바울의 말에 김호철이 고개를 저었다.

"별일 없었는데, 신의 교단은?"

김호철과 혜원이 펜션으로 떠난 후 바울은 일본으로 향했다. 신의 교단을 공격하는 바티칸 사제들을 돕기 위해서 말이다.

김호철의 말에 바울이 고개를 끄덕이고는 가방에서 캔을 하나 꺼냈다.

"죄송하지만 제가 지금 너무 힘들어서……."

말과 함께 바울이 구석으로 가더니 캔을 따서 마시기 시작했다.

그리고 잠시 후 조금은 평온한 얼굴로 바울이 돌아왔다. 입가에 묻어 있는 혈흔에 김호철의 얼굴이 살짝 찡그러졌다.

"아……."

김호철의 시선에 바울이 손으로 입가를 닦고는 고개를 저었다.

"제가 여기 온 이유는 3번 때문입니다."

"3번? 3번이 한국에 왔습니까?"

놀라 묻는 김호철을 보며 바울이 고개를 끄덕이고는 말했다.

"김혜원 양이 주신 정보로 일본 정부와 저희 바티칸의 사제들은 신의 교단의 세력들을 빠르게 무너뜨렸습니다."

바울의 말에 김호철이 고개를 끄덕였다. 그 이야기는 알고 있다. 신의 교단과 신의 아이들이 아무리 강하다고 해도 바티칸은 능력자 세상의 미국이고, 일본 정부의 능력자들 역시 약하지 않다.

게다가 군대까지 동원한 토벌전이니……. 일개 테러리스트에 불과한 신의 교단이 전면전으로 상대가 될 일이 없다.

"일반인 속에 숨어 자살 공격을 하는 자들 때문에 저희도……."

"그런 이야기는 됐습니다. 3번에 대한 이야기부터 해주세요."

자신의 말을 끊는 김호철을 보며 입맛을 다신 바울이 고개를 끄덕였다.

"저와 바티칸 성십자 기사단, 그리고 일본 정부의 삼도 중한 분인 무사시와 함께 3번의 본거지를 급습했습니다."

"그래서 못 죽이고 놓쳤다는 말이군요."

설명을 이어가려던 바울이 김호철을 바라보았다.

그곳에서 있었던 처절한 싸움과 희생들을 김호철은 단순

히 3번을 놓쳤음으로 결론을 낸 것이다.

하지만…… 틀린 말은 아니었다.

3번을 놓쳤으니 말이다.

그러나 한 가지 해야 할 말이 있었다.

"3번이…… 게이트를 열었습니다."

to be continued